そのご縁、お切りします

京の外れの縁切り神社

木村文香

PHP
文芸文庫

○本表紙デザイン＋ロゴ＝川上成夫

そのご縁、お切りします　京の外れの縁切り神社　目次

時は嵯峨《さが》天皇の御世《みよ》。

女に夫を寝取られた公卿《くぎょう》の娘が、京都の貴船《きふね》神社に籠《こ》もった。そして、「私を生きたまま鬼に変えて下さい。妬《ねた》ましい女を取り殺したいのです」と祈った。

可哀想に思った神様は、「本当に鬼になりたいのなら、姿を変えた上で、宇治川《うじがわ》に二十一日間浸れ」と告げた。

娘は都に帰ると、五つに髪を分けて五本の角を作り、顔や身体を朱や丹《に》で真っ赤に染め、鉄輪《かなわ》を逆さにして頭にのせ、その三本の脚に燃えた松明《たいまつ》を挿《さ》した。そして両端に火のついた松明を口にくわえた。その姿で宇治川に二十一日間浸ると、本当に生きながらの鬼となった。

彼女こそ、後に縁切りの神として崇められる鬼女「橋姫《はしひめ》」である。

橋姫は、まず、寝取った女と元夫を取り殺した。

が、それだけに留まらず、双方の親類縁者もろとも、殺していった。

それでも彼女の憎悪は果てず、とある武士に成敗されるまで、橋姫は、誰彼構わず、殺し続けた。

そんな彼女の御霊《みたま》を鎮《しず》めるための神社が、京の外れ、宇治にある。

神社の名は、橋宮《はしみや》神社。

嫉妬《しっと》深いとされる彼女の力にあやかり、誰かとの縁切りを願う人間が、今日もこっそり、訪れる。

第一話　縁切り神社の宮司さん

一

豊島茜《とよしまあかね》は後悔していた。初めての土地にもかかわらず、乗り換えが二回もあるルートを選択してしまったことを。

ウェブ上で「地元民のみが知っている混まないおすすめルート」として紹介されていたそれは、まず京都駅からJR奈良線で一駅の東福寺《とうふくじ》駅で京阪《けいはん》電車に乗り換え、さらに中書島《ちゅうしょじま》という駅で宇治《うじ》線に乗り換える必要がある。この宇治線の終点が、今回の目的地である橋宮神社の最寄り駅、宇治駅だった。

慣れない場所ということに加え、長旅と日頃の受験勉強とで疲れが溜まっていたこともあり、茜は二度も、降りるべき駅を乗り過ごした。おかげで宇治に着いたのは午後四時になる頃だった。そんな彼女に、京都の十一月の風は想像以上に冷たい。茜は一旦足を止め、白いダウンジャケットのファスナーを首元まで上げる。ふと足元を見ると、自身の影が目に入る。元気印であるはずのポニーテールが、いつもより、力なく垂れ下がっている気がした。

だめだ、と、茜は勢いよく顔を上げ、自身を奮《ふる》い立たせる。重い腰を上げてわざわざ東京から出てきたのだ。立ち止まっている暇はない。

茜は自らの頬を軽く打ち、肩近くまで垂れたポニーテールの先をはらうと、顔を上げ、スーツケースを引きずり始めた。

歩いて三分も経たないうちに、大きな橋の前に出る。

（ここが、宇治橋？）

一瞬怯《ひる》むが、唾《つば》を飲み込み、再び足を踏み出す。前だけ見て歩こうと勇んでいたが、キィという何かの鳴き声につられ、茜は立ち止まり、目を横にやった。

川面《かわも》から飛び立ったのは白い鳥。鷺《さぎ》だ。

と、その向こうの風景もおのずと目に入ってきた。瞬間、茜は思わず息を呑《の》む。

視線の先に佇《たたず》むのは朱色の橋。その下には深緑色の大河が、悠々と心地よい音を上げながら流れている。川岸に見えるのは古民家と木々たちだ。それらの後方には、全てをまるごと包み込むかのように、緑の山々が泰然と座っていた。

雅《みやび》、とはこういう光景を言うのだと、茜はしみじみ感じた。その広がった裾野《すその》は手を広げ、まるで茜を抱きしめ受け入れようとしているようにも見え、一瞬、泣きそうになる。

しばらくぼんやりとその景色を眺《なが》め入っていたが、はたと我に返る。

（何やってんのよ、私！　フツーに景色を楽しんでいる場合じゃないでしょう）

何かを振り払うかのように頭をブルブルと振った茜は、姿勢を整え、ギュッとスーツケースの持ち手を握《にぎ》る。

（立ち止まってる暇なんてないんだから。この三日間で、何としてでも、あの二人の仲を割かなきゃ。それが、母さんの為なんだから）

茜は強く前を見て、再び歩き始めた。

しばらく足を進めると、道路に突如として、コンクリート製と思われる大鳥居が現れた。その柱を横切る瞬間、目に入ったのは「縣《あがた》神社」の文字。

（あれ？　橋宮神社、じゃないんだ）

首を傾《かし》げつつも、スマホのマップを頼りに足を進める。しばらく歩き、この角を右、とある。

（って、ほんとに合ってる？　幅狭《はばせま》っ）

地図に指し示された道は、いわゆる裏路地のような、店と店の間にある隙間のような道だった。スーツケースが何かにぶつからないように、茜は注意深く進む。

そこからまた少し歩くも、一向にそれらしいものは見つからない。

もう一度スマホに目をやる。と、そこで茜は初めて、目的地をすでに通り過ぎていることに気がついた。

（マジで？　神社なんてあった？）

踵《きびす》を返し、今度は辺りを注意深く見回しながら歩く。

（地図的にはここ、なんだけどな）

茜が立ち止まったのは、古びた民家のような建物の前だった。白壁の内側に大きな銀杏《いちょう》があるようで、黄色い葉が道路にも薄く積もっている。

キョロキョロとあちこちに目をやるも、鳥居などの神社っぽい建造物は見当たらない。

（このスマホ古いからな。ＧＰＳがおかしくなってるのかも）

ため息をつきながらふと、家の門に視線をやる。

大きめの引き戸の横には、人がしゃがんで出入りできる程度の小さな脇戸。その隣には古びた木製の表札が掛かっていた。

と、そこには。

「橋宮、神社……？」

茜は目を見開く。

（え、嘘でしょ。これが橋宮神社？　いやいや、確かに小さいとはネットに書かれてたけど、これ何？　フツーの家みたい）

あ然とするも、表札に橋宮神社と書かれているからには、ここが自らの目的地、橋宮神社なのだろう。茜は困惑を振り払い、小さな戸をそっと引いた。同時に、低い金切声《かなきりごえ》のような音が鼓膜を突く。

ら下がっている。
みかん箱くらいの小さな賽銭箱《さいせんばこ》と、その前には、古びて黒っぽくなった鈴紐がぶ
ひらひらと銀杏の葉が舞うその空間の真ん中に、やや小さめの社殿があった。
茜は足を踏み入れ、中をそっと窺い見る。
（開いた！）

ら下がっている。


銀杏の葉が咲く空からは光が差し込み、柔らかで穏やかな空気が流れていた。

茜以外の参拝客はいない。どころか、人の気配すらしない。

（……縁切り神社って、もっとおどろおどろしい場所だと思ってたのに）

力が抜けた茜はそのまま、スーツケースを脇に置き、ふらふらと賽銭箱の前に向かう。五円玉を投げ鈴を鳴らし、二礼二拍手。ゴニョゴニョと呟《つぶや》いた後に、もう一度深く腰を曲げる。

再び顔を上げた茜は、眉《まゆ》を寄せ、口を引きつらせた。

（どーしよ。終わっちゃったよ）

茜は戸惑《とまど》った。

というのも大学受験を控《ひか》えたこの大事な時期に、少ない預金のほぼ全てを持ち出して、わざわざ東京から出向いてきたのだ。そのくらいの覚悟と情熱が、彼女にはあった。

が、参拝を終え、あっけなくその用が済んでしまったことに気がついたのだ。

(って、いやいやいや、これで終われないよ！　確かに私はお参りに来たんだけど、もっとこう、御札を買ったり、絵馬を書いたり、ご祈禱《きとう》してもらったり、ありとあらゆることをしてほしいのに！)

茜は横に振り返る。

そこには一応、社務所らしきものはあるものの、受付の窓は板の戸で塞《ふさ》がれたまだ。長い間開けられていないのか、蜘蛛《くも》の巣が張っている。

茜はもう一度見返り、鈴紐の方を向く。

賽銭箱と鈴紐の奥には、小さな社殿がある。これがおそらく本殿なのだろう。正面には障子戸があるが、中に人の気配はない。物音一つ聞こえず、灯《あか》りも漏れていないのだ。

(まさか、本当に誰もいないの)

何とかしたいと焦《あせ》った茜は、無礼を承知でそっと、本殿の方に近づいてみる。

まずは手と膝《ひざ》をつき、姿勢を低くした状態で、五段ほどある正面の階段を登る。

そしてそっと、障子戸に顔を近づけた。

そうすることで、中の様子が透けて見えることを期待したのだが、障子紙が厚いのか、全くもって、何も分からない。

諦《あきら》めた茜は、次に本殿の側部へと回った。側部にも、小さな階段があったのだ。身を屈《かが》めながら階段を上り、障子戸を眺める。こちら側も正面と同じく、戸は閉まったまま、のように見えたが、微《かす》かな隙間があった。

這うように進み、框《かまち》に鼻先が当たるか当たらないかまで近づいたその時。

「ニャーン」

「うわっ！」

後ろから突如として聞こえた鳴き声に、茜は思わず飛び上がる。姿勢を崩した彼女はそのまま、階段を転げ落ちた。

「……なんだ、騒々しい」

上から凜《りん》とした声が降ってくる。

茜は尻餅をついた状態のまま、その方向に目をやった。瞬間、すらりと開く障子戸。

外廊下に立ち彼女を見下ろしたのは、純白の狩衣《かりぎぬ》と白袴《しろばかま》をつけた、小柄な青年だった。

耳の高さほどに伸びた墨色の髪は、サラサラと風になびいている。その前髪から覗《のぞ》くのは、切れ長の涼やかな目元に、白い肌。整った顔立ちだが、どこか憂《うれ》いも感じさせる。まるで、氷漬けにされた椿《つばき》のような美しさだった。

「あ、あなたは？」

青年の容姿に一瞬気を取られていた茜だったが、ハッと我に返り、尋《たず》ねる。すると青年は、小さく眉を寄せた。

「……ここの宮司《ぐうじ》だ。が、人に尋ねるより先に、自分から名乗るのが礼儀であろう」

時代劇みたいな言葉遣い、と思いつつ、茜は即座に姿勢を正す。

「わ、私、豊島茜と言います。東京から来たんですっ。その、どうしても切ってほしい縁があって。ここ、縁切り神社なんですよね」

「確かにそうだが、なぜこんな場所にまで。縁切り神社なら、もっと、有名どころがあるだろう。安井金比羅宮《やすいこんぴらぐう》などが」

「ブ、ブログを見たんです。色んなところを試してきたブロガーさんが、ここが一番効果あるって」

「試す？　何とも罪深い」

青年は呆《あき》れたような溜息を吐く。

「縁切りは、軽々しくするものではない。そなた、まだ若かろう。要る縁、要らぬ縁の見分けもつけられない齢《よわい》の人間には、まだ早い」

そう言って青年はくるりと背を向ける。

「ま、待って！」

茜が引き留めようと手を伸ばすも、彼は見向きもせず、そのまま本殿の中へと戻ろうとする。先程鳴いた黒い子猫が茜の脇をすり抜け、彼に続く。

障子戸が閉まりかけた瞬間、茜はそれに手を掛けた。

「お願い、話だけでも聞いてくださいっ。わざわざ東京から来たんだから」

そのまま茜は、後を追うように本殿の中に踏み入った。

宮司と名乗った青年は、一瞬、迷惑そうな視線を茜に向けるも、すぐに向き直り、本殿内の中心部に据《す》えられている大きな祭壇の前に座った。そして、供《そな》え物を順に下げていく。

茜の方には、見向きもしない。

「本当に切ってほしい縁なの。宮司さんは、私を若いからっていうけど、宮司さんだって、見た目私と同い年くらいじゃない。それに私、確かにまだ学生だけど、ちゃんとお金も持ってきたの。ご祈禱代とか、お供えとか、それ用のお金です」

茜は必死に食い下がるも、青年は沈黙のまま、淡々と、盆に下げた供え物をのせていく。傾《かたむ》いてきた西日が障子戸越しに差し込み、彼の長い影が床に揺れた。

先程の黒い子猫が、彼の足にまとわりつき、再びニャーンと鳴いた。青年は「あとで」と小さく声をかけ、そっと猫の頭を撫《な》でる。

子猫は青年に相手をされないとわかると、今度は茜の足元にすり寄ってきた。突然感じた温かな体温に、茜は目線を落とす。

青年の、猫に対する振る舞い。先ほど見せた彼の態度には、ぬくもりが感じられた。この猫は彼の飼い猫なのだろうか。

（もし、そうなら……）

茜は唾をゴクリと飲み込むと、膝を曲げ、そっと子猫を抱き寄せた。そして「大丈夫、何もしないからね」と小さく呟くと、立ち上がり声を張った。

「こ、この猫がどうなってもいいの？　無事に返してほしかったら、私の話を聞いてっ」

茜は指を猫の首元にあて、目を吊《つ》り上げ、青年を睨《にら》みつけた。

振り返る青年。しかし驚いた様子はなく、彼は静かに口を開く。

「なんの真似《まね》だ。どうなっても、とは、私が話を聞かない場合、この猫を絞め殺すぞ、という意味か」

「そ、そーよっ」

茜は語気を強める。が、青年の眉はピクリとも動かない。

「そなた、下手にもほどがあろう。このような間抜けなハッタリが、通用するとでも」

「は、ハッタリなんかじゃ」

「では何故怯《おび》えている。私が絞め殺すと発言した際、そなたの額《ひたい》は強張《こわば》り、下まぶたに力が入った。それは典型的な恐怖の表情。そなたは、自らの行動を怖れているのだろう。人を脅すことに慣れていないからだ」

茜は瞬間、息を吞む。

まさに図星だったのだ。

「ハッタリだという根拠なら、まだある。そなたのその抱き方。尻から縦向けに抱き、猫の背を自らの体に密着させているな。これは猫が安心感を抱く抱き方。さらに絞めるというものの、猫の首に添えられた人差し指の第一関節は、曲がっておらぬではないか。全く力を入れておらぬ証拠だ。もしそなたが本気で脅しをかけたいなら、もっと猫を乱暴に扱うだろう。その方が『何をするかわからない危険な奴』という印象をこちらに植え付けられる。が、そなたはそれをしない。なぜか。そなたは、はなから猫を傷つける気などないからだ。人を脅すということすら、したことがないのであろう。だから自分自身の行動に、怖気《おじけ》づいておるのだ」

ここまで青年が話したところで、茜の身体から、一気に力が抜けた。

意図していたことだけならともかく、自分でも自覚のなかったところまですべて、この青年は読んでいた。

（どういうこと？　なんで？　ただの宮司さんだよね）

緩んだ腕から抜け出した黒猫は、「ニャーン」と鳴きながら、そんな茜の膝に頬を摺《す》り寄せる。

茫然自失《ぼうぜんじしつ》といった状態で宙を見る茜に、青年は深いため息をついた。

「……話だけだ」

「へっ？」

急に話しかけられ、茜は思わず間抜けな声を出す。

「慣れぬことをしてまで、聞いてほしかったのだろう。言ってみろ。そなたの頼みを」

「ほ、本当に！」

茜の頬に熱が宿る。青年は呆れ顔のまま、「あくまで話を聞くだけだ」と言いつつ、座布団を一枚、茜に差し出した。

茜は座布団に正座すると、背筋を伸ばし、真正面から青年を見つめた。

耳が隠れるか隠れないかくらいの黒髪に、白い肌。その瞳はうっすら緑を含んでいて、先程の宇治川を彷彿《ほうふつ》とさせる。改めて見ても、端正《たんせい》な顔立ちだ。

「何だ、早く申せ」

我に返った茜は、早速切り出す。

「縁を、切ってほしいの」

「それは分かっている。で、誰との縁をだ？」

「私の母と、その恋人の」

そこまで言ったところで、青年は口を歪《ゆが》める。

「そなたと誰か、の縁ではなく、他人同士の縁を切ろうというのか、しかも恋仲を」

「……ええ」

茜は怯むまいと、膝においた手をぎゅっと握る。

「全く、何とも罪深いやつだ。人の恋路を邪魔する奴は、馬に蹴られて死ぬと言われているぞ？」

青年は呆れ声で言うも、茜は「事情があるのよ」と叫ぶ。

「母さんに近づいてきたその男、かなり若いの。私の五つ上くらい。それでもって、見た目も奇抜だし、遊び慣れている風だし。そんな男が、母さんほどの年齢の人に言い寄るの、おかしいでしょ？　きっと、何か企んでる。だからこれ以上近づかせちゃいけないのっ」

「それは、そなたの母が決めることであろう。そなたは関係ないではないか。話はそれだけか？　ならば、暗くならぬうちにさっさと帰……」

「お、お金ならあるの！」

茜は青年の言葉を遮《さえぎ》り、ショルダーバッグから取り出した札を、パシンと床に叩きつけた。

「初穂料《はつほ》、七万あるわ。これで何とかしてもらえない？」

「七万だと」

青年はフッと苦笑する。

「桁《けた》が一つ足りぬのではないか」

「えっ」

茜は愕然《がくぜん》とする。

「なんで？　大体どこの神社だって、ご祈禱の料金はそのくらいじゃ」

「うちは祈禱や祭事といった、一般の神社が行うような儀はせぬ。縁切りだけに注力しているのでな。直接的かつ確実な方法で、縁を切る。報酬もその分、頂戴《ちようだい》しているのだ」

青年は、やれやれといった風に立ち上がり、太ももを払う。

「それっぽっちの金しか持たず、しかも切る縁は他人同士のもの。駄目だ。話にならん。去れ」

そう言って青年は、さっさと奥に引っ込んでしまった。

茜は追おうとしたものの、慣れない正座で足が痺《しび》れて、上手《うま》く立ち上がれない。そんな茜の足に、先程の子猫がまたもやゴロゴロと喉《のど》を鳴らしながら体を擦《こす》り付ける。

茜は「うひっ！」と叫び声を上げた。

その日は宿のチェックインの時間が迫ってきたこともあり、茜は一旦引き下がった。

正直、八方塞《はっぽう》がりだった。が、その程度で諦めることはできない。茜は今まで、母と二人三脚で苦楽を共にしてきた。父の代わりに、母を支えてきた自負がある。そんな母が、道を誤ろうとしているのだ。それを訂正するのも娘の務めだと、茜は強く思っていた。

次の朝、まだ日が昇らない時刻に目覚めた茜は、散歩に出かけることにした。宿でじっとしていても落ち着かないので、体を動かし、気分を変えようとしたのだ。薄手のダウンジャケットを勢いよく羽織《はお》り、ショルダーバッグを引っ掛けて外に出る。昨日も感じたことだが、京都の十一月は思った以上に寒い。

（東京の方が北なのに、何でこっちの方が寒いの？）

体を擦りながら小道を抜け、宇治橋通り商店街を歩く。

早朝なので店にはすべてシャッターが降りている。昨晩雨が降ったため、アスファルトは濡れていたが、凍結まではしていなかった。

そのまま、塔の島の方に下っていくと、勢いある水流音が、腹の底に響いてきた。

（宇治川だ。でも、昨日と全然違う……）

昨夜、宿についてから雨が降っていた。が、さほど大降りでもなかったはずなのに、川の色は茶に染まり、ゴウゴウと唸《うな》るような音をとどろかせながら、流れている。

少しおっかないな、と思いながらも、茜は宇治橋を渡る。

まだ日も昇っていないので、辺りには誰一人としていない。

シャッターの閉まった茶屋の前を通り、濁流《だくりゅう》に視線を向けつつ川岸を歩いていると、朱色の橋が見えてきた。朝霧橋《あさぎりばし》だ。

昨日宇治橋から見たそれは、とても幻想的だった。しかし、まだ日も昇らない時間に見る橋は、街灯の光に照らされ、鬼火のように浮き上がって見える。

不気味だ、と茜は思った。と、その瞬間、視界の端に、何かを捉える。

（誰か、いる？）

朝霧橋の真ん中に、ゆらりと動くものがある。

背丈的には、人。

しかしそれは風に揺られ、ひらひらとたなびいている。

幽霊？　と思いながら恐る恐る近づくが、あるところで、それが何であるか、彼女の双眸《そうぼう》がはっきりととらえた。

（宮司さんだ）

それは紛《まぎ》れもなく、橋宮神社で出会った、あの宮司の青年だった。

昨日と同じく、白狩衣と白袴を纏《まと》った彼は、山を背に、川を見つめていた。

風が彼の長い袖《そで》を、激しく揺らしている。

声をかけようかとも思った。

だが、彼の口がなにやら動いていることを察した茜は、姿勢を低くし、橋に続く階段と親柱の陰にその身を隠した。

「お目覚めの時間ですよ。橋姫様。今日は一段と冷え込みますね」

風が茜のいる方向に向けて流れているからか、声はさほど大きくないにもかかわらず、彼女はそれを聞き取ることができた。

（何々、誰に向かってしゃべってるの？）

その時だった。

風が一段と強く吹き、茜は思わず目を閉じる。

と同時に響いたのは、バシャンという水の撥《は》ねる音。そのしぶきの一滴が、茜の頬も濡らす。

そっと、瞼《まぶた》を持ち上げてみると。

（……えっ）

青年の前には、髪の長い、美しい女が立っていた。

それは彼と同じく、白い着物に身を包み、じっと、欄干《らんかん》の外側から青年を見下ろしている。

身体は大きく、その図体は普通の人の三、四倍はある。着物の前身頃はひどく長い。裾《すそ》は川面の下にあるのか、確認できない。

（川の中から出てきたの？　え……何あれ、幽霊⁉）

霊感は全くない茜だったが、その半透明の女性の姿は、しっかりと目視することができた。しかし、それでもまだ、信じることはできない。

震える手を握りながら、宮司の方を窺う。彼は驚いた素振りもなく、ふっと微笑した。

「さきほどまで雨でしたから、少し、心配しておりました。ですが、お変わりなきようで、なにより」

すると女の方もふわりと口角を上げ、片腕を袖から出し、青年の頬をなぞった。

そしてそっと、彼の額に唇を置く。

青年は黙って、目を閉じていた。

(えっ、キ、キス、した⁉)

茜は呼吸をひそめ、顔を少しだけ柱から覗かせながら、その光景を食い入るように見つめていた。

瞼を上げた青年は、目を細め、ゆっくり微笑《ほほえ》む。

「大丈夫、私はいつだって、あなただけのものですよ、橋姫様」

そう言うと、女は安堵《あんど》したかのように笑んだまま、スーッと、空気に溶けるように消えていった。

彼女の顔があった部分をしばらく見つめていた青年だったが、やがて、一息つくと背を向け、茜がいるのとは反対の方へと歩いて行った。

茜は顔を覗かせたまま、そんな彼の後ろ姿を見送る。

青年の白袴の裾が、茶色く汚れているのが目立っていた。


青年が姿を消し、うっすら辺りに日が差してからも、茜の心臓は、先と同じスピードで、けたたましく鳴り響いていた。

柱を背に、尻を石畳につけたまま、茜はしばらくの間、そこに座り込み茫然としていた。

（初めて見たかも、おばけ……。っていうかあれ、何？　宮司さんも言ってたけど、やっぱり、今のが、宇治の、橋姫？）

茜は混乱する頭を抱え、よろよろと立ち上がった。

（本当に本物？　昔の伝説じゃなかったの？）

頭を抱えながらも茜は、何とか一旦、宿へ帰り着いた。


茜は、どんなことがあっても食欲旺盛《おうせい》だった。先の光景を思い出し青白くなりながらも、茜は朝食としてご飯を二杯もお代わりした。

その後早速、彼女は橋宮神社に赴《おもむ》くことにした。

早朝の出来事は未だに心の整理が付かないけれど、だからといって何もしないわけにはいかない。

母親には、「三日間だけ」という約束で、受験勉強を放棄してここを訪れたのだ。目的を果たさなければ、帰るに帰れない。

神社の正面まで辿《たど》り着いた茜は、昨日と同じく、そっと小さな戸を引き、足を踏み入れる。

その時、葉っぱだらけの地面から、じゅわっと水がにじみ出た。水はけが悪いのか、神社の敷地内にはあちこち水溜りができている。それらを注意深く避《さ》けながら、茜は宮司を探す。が、見当たらない。

昨日のこともあり、変な度胸のついていた茜は、「すいませーん」と言いながらも勝手に本殿の階段を上がり、障子戸を開けた。

だが、そこにも、誰もいない。

さすがに上がり込むことまではできないので、茜は首だけを入れ、部屋の中を見渡す。昨日下げられていた塩や酒といった供え物は、すでに祭壇に置かれていた。

ということは、一度ここに来て、その後どこかに出かけたのだろうか。

「宮司さん」と呼んでみるも、その声は静まり返った本殿に虚《むな》しく響く。

(留守かな。ってまぁ、宮司さん私と同い年くらいっぽいし、学校行ったのかな？それにしても、他の人はいないのかな。普通、神社って、何人かは働いてない？)

そう思いながら、本殿の階段を下りる。

地面に足をつけると、水分をたっぷり含んだ土が、ベチャッと茜の靴底をとらえた。よく見ると、すでにスニーカーはドロドロだ。

(ホントぬかるんでるよね。なんで？)

そう思いながら辺りを見回すも、特に原因はわからない。

(縁は切ってもらえないし、宮司さんもいないし、スニーカーはドロドロだし

……。なんか色々、上手くいかないなぁ）

茜は神社の白壁に手をつき、はぁと大きなため息をつく。

と、その時だった。

壁の真下の地面に片足を置いたのだが、何か踏みしめた時の感触が違う気がした。先ほどまでの地面より、ひと際ぬかるんでいて、柔らかい。

茜は壁から数歩離れ、その原因を確かめるべく、しゃがみ込んでみる。

（あぁ、なるほど）

地面の落ち葉をつま先で搔《か》き分け、一人で納得する。

壁と葉っぱの間から顔をのぞかせたのは、コンクリートの角。この壁の下に、凹型の溝があるのだ。

本来、敷地に降った雨水は溝に流れ込み、そのまま敷地外に抜けるのだろう。しかし、泥やら葉っぱやらで埋まってしまい、溝は完全に排水機能を失っている。それどころか溝内に水が溜まり、神社敷地の内側にまでに溢《あふ》れているような状況なのだ。

（昨日の雨で、水が溢れちゃったんだ。そういえば、宮司さんの白袴も裾が汚れてたっけ。

鈍感な私でも気がつくんだもん。フツーにあれ、目立つよね。着物って洗うの面

倒くさそう。不便してるだろうに)

その瞬間、茜は閃《ひらめ》いた。

あの宮司に恩を着せる方法を。

思い立ったらすぐ行動に出るのが豊島茜という人間だ。彼女はニヤリと笑みを浮かべながら、撥ねる泥に目もくれず、神社の外へと駆けた。

朝、散歩に出た際に、金物《かなもの》屋の前を通っていた。

それは宿の近くにあり、茜は簡単に見つけることができた。

「え、ショベルとバケツ、あと箒《ほうき》?」

「はい。ありますか?」

店主の高齢男性は、いきなり息を切らして現れた茜に、少し戸惑っているようだった。

「急いで来たみたいやけど。どーしたん、何に使うんや?」

「溝掃除。どぶ浚《さら》いをしようと思って!」

そう言い放つ茜の頰は紅潮し、目は輝いている。

「娘さん、どぶ浚いが特別好きなんか?」

腕を組み、首を傾げながらも店主は、店の奥から茜の肩くらいまである長さのショベルと、プラスチックの水色バケツを出してきた。

「これなら泥もしっかり掻けると思うで。袋に包もか？」

「大丈夫です。すぐに使うので。担いで帰りますっ」

「すぐ、て……。お嬢ちゃん見かけん顔やけど、この辺の子か？」

「いえ、東京です。でも、どぶ浚いはそこの、橋宮神社でするんです」

「橋宮神社？　葉《よう》ちゃんの友達か？」

　代金を受け取った店主は「いや、ちゃうか。あの子は友達なんておらんし」と呟きながら、奥のレジへと向かう。

「葉ちゃん？　それって、宮司さんのことですか？」

　思わず食いつく。

「そうや」と答える店主を前に、「宮司さん友達いないの⁉」と茜は盛大に叫んだ。

「あぁ。あの子は橋姫様の『特別』やからな。俗世に染まらんようにするために、学校にも行っとらん。やし友達おらんはずや。ということは何か。友達でも親族でもないとすると、あんたは、縁切りに来た客か？」

　店主の質問を無視し、茜は「橋姫様の、特別？」と呟く。

　その瞬間、早朝の光景が脳裏をよぎる。茜は「特別」の意味が知りたくて、店主の背を追う。

「どういうことですか？　橋姫様って、伝説上の人物ですよね？　そんな伝説のために、学校にも行ってないってこと？　ってか、そもそも特別って、何？」

矢継《やつ》ぎ早《ばや》に質問する茜を、店主は待て待てと両手を顔の前で広げ、静止させた。

「そんないっぺんに質問せんでも。……まぁ、よそさんが驚くんも無理ないけどな。あれや。あそこの神社では、橋姫様の御霊《みたま》を鎮《しず》めるために、歴代の宮司が橋姫様の夫となって生涯未婚で橋姫様に尽くすんや。葉ちゃんは、何代目かの『橋姫様の許婚《いいなずけ》』に選ばれた特別な子でな。今は確か十七歳やけど、あと三年後、二十歳を過ぎたら、婿《むこ》入り予定や。神様の夫になる人間やから、俗世に染まらんために、学校も行かず友達も作らず、ひたすら、橋姫様にお仕えしていてな。先代のじーさんが亡くなってからは、それこそたった一人で、あの神社を守ってるんやわ」

まだ若いのになー、と言いながら、店主は顎《あご》ひげを撫でる。

「……たった一人で、ですか？」

「あぁ。五年ほど前までは先代のじーさん……養父でもある葉ちゃんの祖父の弟さんと一緒やってんけどな。病気で亡くなって……。やけど、若いからってなめたらあかんで。じーさんも言うとったもん。『葉には才能がある。縁切りの術はすべてあの子に教えたし、もう思い残すことはない』ってな」

茜は顔をしかめる。

「でも、家族とかは、いますよね？　学校にも行かないなんて……反対しないんですか？　宮司さんって、まだ十代ですよね？」

「家族は京都市内に住んでるらしいけど、反対なんてするかいな。橋宮の一族は、代々橋姫様にお仕えすることを生業《なりわい》にしとる。橋姫様こそが、あの一族の軸《じく》なんや。それの許婚に選ばれることは、大変名誉なこと。昔一回、葉ちゃんの父親いうのに会うたことあるけど、『長男はダメだったが次男は選ばれた』って、そらもう自慢げやったで」

「だから、学校に行かないことも、良しとされてるの？」

そや、と店主はうなずく。

「……そんなの、嫌じゃないんですかね、宮司さんは」

「さぁ……。でも、あの子は五歳そこらの頃から神社で修行しとるし、それが普通やと思てるんちゃうか？　橋姫様は、生きながら鬼になってしまうくらいの嫉妬《しっと》深い神さんや。やし、許婚に選ばれた男は、橋姫様の独占欲を満たすために、友も作らず、学校にも行かへん。そんな生活が、葉ちゃんの当たり前なんやと思うで」

そういうものなの？　と茜は黙って首を傾げた。もし自分が葉の立場なら、そんな運命を呪うだろう。なぜなら、独りぼっちであの神社を守り続けるという未来が、自分の意志とは関係なく、すでに決まっているのだから。そんな自由のない人生が、茜には、耐えがたいことのように思えた。

しかし、一方で、こうも考える。

歌舞伎《かぶき》や相撲《すもう》といった古来続く分野には、「決まり」や「定め」がいくつもある。女人《にょにん》禁制といった、現代の価値観にはそぐわないことも、普通にある。だが、そちら側の世界から見れば、今の価値観こそ「目新しい」「浅い」もの。長い歴史の観点からいくと、どちらが異質で変な価値観なのかは、判断できない。

だから、自らのものの見方のみを基準にして、葉の定めを「可哀そう」ととらえるのは間違っているのだろう。

茜は心の中で、なんとか自分を納得させた。

「じゃあ、そんなプロフェッショナルな宮司さんの『縁切り』なら、効果は抜群《ばつぐん》ってことですよね！」

気持ちを切り替えようと、受け取ったショベルを肩に担ぎ、茜は明るい声で尋ねる。

「せや。あんまり有名とはちゃうけど、ここの縁切り力は日本一。いや、世界一とちゃうか？　なんせ、それ専門の神社やからな！」

茜は「ですよねっ」と力強くうなずき、急ぎ足で神社へと向かった。

二

（やっと終わった……）

そう思いながら橋宮神社の宮司、橋宮葉が神社に帰り着いたのは、日暮れ時だった。

（存外、時間がかかったな……）

戸を開け、地面を踏みしめた時だった。

（ん……？）

いつもと違う感触に、視線を落とす。

地面に堆《うずたか》く積もっていた落ち葉は綺麗さっぱりなくなっており、土が顔を出していた。

（気のせいか、土もいつもよりぬかるんでいない気が……）

そこまで思い巡《めぐ》らせたところで、後ろからの「宮司さんっ！」という声に、静かに振り返る。

「……そなたは」

そこには、ショベル片手に仁王《におう》立ちする茜の姿があった。

「見て、これ！　きれいさっぱり！　いい感じでしょ？」

どうぞ見てくださいといわんばかりに手を広げる彼女に、葉は「あぁ……」と言葉を返す。

「確かに、そうだな」

「っていうか宮司さん。もうちょっと掃除した方がいいよ。せっかく溝があるのに、土やら泥やらで詰まってるじゃん！　だから、私が綺麗にしてあげたの。これで雨の日のぬかるみも、ずいぶんマシになるはず」

得意げに鼻をこする茜。指に土が付いていたのか、鼻先が汚れた。が、彼女に気にする素振《そぶ》りはない。

「そなたがやったのか？　無断で」

「ええ、やりましたとも。宮司さん、体細いし、こういう力仕事苦手そうだからね。宮司さんって澄《す》ました顔してるけど、実は嫌なこと先延ばしにするタイプでしょ？　だから私がやったの。か弱そうな宮司さんの代わりに。ついでに本殿も雑巾《ぞうきん》で磨《みが》き上げました」

葉はあたりを見回す。

確かに茜の言う通り、本殿の欄干や廊下は綺麗になっているように思えた。

また、壁の脇にあった溝は本来の凹型の姿を見せており、本殿の裏手には積み上がった土や葉っぱの山が顔をのぞかせていた。

正直、雨の後のぬかるみが、溝が溢れているせいだとは今まで気がついていなかった。何しろ、葉がここで暮らし始めた当初から、水はけが悪かったのだ。地質なのだと諦めていただけに、この事態には葉も驚きを隠せなかった。

「これで、雨の日も万全。快適な神社生活が送れるよ！」

そう言うと茜は、急に葉の前に近づき、人差し指を一本立てた。

「さて、ここで問題です。これを専門業者に頼んだ場合、どのくらい代金を取られるでしょう？」

ここまできて、葉は茜の魂胆《こんたん》に気がついた。

(全く、宮司相手に駆け引きとは、罰当《ばちあ》たりなやつだな)

そう思いながら、「二、三万といったところか？」と伝える。しかし茜は不敵な笑みを浮かべながら「いやいや」と指を振る。

「相場を調べたんだけどね。側溝掃除って、十メートル一万五千円くらいらしいの。ここだと全部で三十メートルくらいだから、溝掃除だけで大体五万円」

葉は、三十メートルもないだろう、と内心思いつつ、茜の言葉を待つ。

「さらに、本殿を磨き上げるのと、落ち葉の掃除とで、そうですねぇ。三万円くらい？　あと、女子高生が精魂込めて掃除したっていう付加価値もつけると、総額で十万円くらいでしょうか？」

「馬鹿な」

呆れ声を上げる葉。しかし茜は堂々とした面持《おもも》ちで、グッと葉に顔を寄せる。

「どう、宮司さん。今すぐ払える？　払えないでしょ。でもさ、もし私の依頼を引き受けてくれるなら、チャラになるんじゃない？　十万プラス、私が持ってきた七万で。いい取引じゃない」

「どこがだ。勝手に掃除して、法外な料金をふっかけて。押し売りもいいところだろう」

そう言いながらも、葉はチラリと茜の姿に目をやる。

白いダウンジャケットも、ロゴの入ったスニーカーも泥だらけ。髪は乱れ、蜘蛛の巣がついている。

葉は同世代の人間とはあまり接する機会がない。しかし一般的に、この年頃の女性は皆、自分の身なりを気にするものだと思っていた。

（にもかかわらず、この姿。それほど、縁切りに執心しているということか）

ふと、養父の言葉が頭をよぎる。

――お前の仕事はな、葉。縁を切ることやない。縁切りを求める者の、魂を救ってやることや。

（魂を、救う、か……）

葉は重いため息をついた後、「ついて来い」と言いながら、本殿の障子戸を開けた。

本殿の部屋に入ると、「紫《むらさき》」と名付けられた黒猫が、待っていましたと言わんばかりに葉に飛びついてきた。ぐるぐると喉を鳴らす紫を、指先でチョンチョンと撫でつつ、葉は座布団を二つ、祭壇の前に置く。そして茜に座るよう促《うなが》しながら、祭壇の蠟燭《ろうそく》を灯《とも》した。

電球は消したまま。これは養父からの教えでもある。

――雰囲気作りは大切や。依頼者がじっと、自らの心に向き合えるような、そんな空気を作るんや。

マッチを吹き消し振り返ると、さっきまで得意げだった茜の表情が曇《くも》っている。自らのたっての要望だったにもかかわらず、だ。先程の明るさはどこかへいってしまったようだ。

（……縁切りに迷いがあるのか、怖気づいたか。もしくは、後ろめたさ、からか）

葉は静かに腰を下ろす。

「さて、茜、と言ったか。……初めに言っておくが、今から始めるのは、縁切り作業そのものではない。縁切りに必要な情報収集、今風に言えばカウンセリング……といったところか」

「そ、そうなんだ」

茜《こ》は不自然に口角を上げる。そんな彼女を、葉はそっと観察する。

焦げ茶色の髪を後ろで一つ縛りにするという、簡素な髪型。装飾品の類《たぐ》いはつけていない。

化粧はしていないようだが、上がり眉は綺麗に整えられている。目は大きめで、口も大きい。

取り立てて美人、というほどでもないが、はつらつとした印象の容姿だ。

次に、彼女の行動を思い返す。

どぶ浚いを含む境内の掃除をこの半日程度でやってのけたところを見ると、おそらく体力があるのだろう。

昨日初対面だったにもかかわらず、砕《くだ》けた話し方をする。他人との対話に慣れているようだ。

以上のことから、葉は茜という人間をこう推察する。

明るく、物怖《ものお》じしない性格。

服や顔が泥だらけにもかかわらず、あまりそれを気にしていないところから、細かなことには頓着《とんちゃく》しないタイプ。

（そんな性格にもかかわらず、恋仲の二人を裂こうと、ここまで意地になっているのか……）

違和感が、葉の心をざわつかせた。

「さて、そなたは昨日、ここに現れた時に、母親とその恋人との縁を切ってほしい、と言っていたか」

急に本題に入ることで、相手の反応を窺う。茜は「そう」と手を床につき、身を乗り出した。

「それはどういうことだ？　そなたの母親は、不倫をしている、ということか？」

すると茜は、間髪容《かんはつい》れずに「違う」と答える。

「母さんは、私が小学生の時に離婚してる。だから不倫なんかじゃないの」

茜は一瞬、眉に力を入れ、唇をこわばらせる。

（嫌悪の表情、か。私の発言に気分を害したか）

葉は、その瞬間の表情、「微表情」を読み取ることができた。小さい頃から養父に訓練されてきたからだ。微表情に注目することで、その人間の真意が見える。米国連邦捜査局をはじめ、各国の捜査局でもその手法は使われていた。

「不倫でないのなら、良いではないか。お前の母親とて一人の人間。恋愛する自由もあるだろう。それとも何か？　恋にうつつを抜かし、そなたの養育義務を放棄するようになったのか？」

茜はまたもや、「違う」と声を張る。

「そんなことはない。母さんは、今まで私を女手一つで育ててくれた、立派な母さんよ。お嬢様育ちの専業主婦だったのに、離婚した途端脇目も振らず、私のために働いて……。今だって、私のことを最優先に考えてくれてる」

「ほう」

葉は顎に手を置く。

(この娘、母親に相当思い入れがあるのだな)

茜の言葉に籠《こも》る熱を、葉は感じた。

「そなたの母は、専業主婦であったにもかかわらず、離婚した途端、すぐに職を見つけ働きだしたのか。このご時世、中々そう上手くは行かぬだろうに……。それほど、そなたの母はそなたの為に必死であったのだな。まさに親の鏡、素晴らしいではないか」

あえて大げさに褒《ほ》めてみるも、茜は照れて否定するどころか、「私もそう思う」と、微笑を浮かべる。

分かりやすいやつだな、と思いながら、葉は続ける。

「そんな素晴らしい母親に、ふさわしくない彼氏ができたから、縁を切ってほしい、と。そなたの希望はそんなところか？」

すると茜は急に神妙な面持ちになり、「まぁ、まだ彼氏、ではないんだけどね」と言いながら、写真を一枚取り出した。

そこには、男女が向かい合っている。二人の間にハッキリと写るのはカウンターとレジ。男性は縦縞《たてじま》の入ったエプロンを着けており、後ろ側にはタバコの棚も見える。

どこかの店の、客と店員、のようだ。

「うちの母親、今、介護士してるの。夜勤もあって、勤め先の隣にあるコンビニに、夜、よく立ち寄るみたいなんだけどね。そこでバイトしてる男が、今回、縁を切ってほしい相手の男。この男なの」

そういって茜は、床に置いた写真の男を指さす。

二十代くらいの若い青年。髪は金髪で、耳には何種類かのピアスが付いている。彼は、女性を見ながら、顔をほころばせていた。

(目尻に皺《しわ》。営業用の作り笑いでなく、心底喜んでいる風だな)

そう葉は感じた。が、茜はそう感じなかったようだ。

「この男、母さんをたらしこもうと、プレゼントをよこしたりデートに誘ったりしてるみたいなの。おかしいでしょ？」

「どこがおかしいのだ？」

するとは茜は、鼻息荒く返答する。

「だって、母さん四十八歳だよ。そんな年上の人間に、こんな若くてチャラついた男が本気でアタックすると思う？　きっとヒモになるつもりなの。なのに母さん、最近心が動いてきてるみたいでさ。母さん、元がお嬢様育ちだから、人の悪意に疎《うと》いのよ。だから私が代わりに、何とかしないといけないの」

そういえば昨日も、そんなことを言っていたな、と葉は思い返す。あいつは何か企んでいる、と。

（しかし、そう言い切るわりには、根拠が薄いな）

その男に莫大《ばくだい》な借金があるとか、悪い奴らとつるんでいる、というのであれば話は分かる。だが、茜から出てきた言葉は「若い」とか「チャラついている」といった主観的印象ばかりだ。確かに写真から軽薄な印象を受けるが、かといってそれだけで「駄目な男」と断じるのは時期尚早《しょうそう》なのではないか、と感じた。

「もっと、具体的にないのか？　その男の人となりが分かる話などは」

すると茜は「それは……」とバツが悪そうに黙り込む。その様子を確認しながら、葉はあえてフンと鼻を鳴らす。

「まぁ、しかし、そなたの言い分は解る。成人してなお定職に就かず、そして金髪。それだけで相手がいかに低脳な人間かがよく分かる。そんな下衆《げす》が母に近づいてきては、たまったものではないな」

葉はわざと、相手男性をこき下ろす。それで乗ってくるのかと思いきや、茜は、「そ、そうだよね」などと言いながら、耳にかけていた髪に触れる。

髪を触るという行為は、不安な時、居心地が悪い時に出るということを、葉は知っていた。

(通常、自分が嫌う人間を他人が非難すると、「喜」、「悦」の感情が出る。しかしこやつは、そうではない)

何かあるな、と、葉は目を細める。

「先程、男が母親に言い寄っていると申しておったが、そなた、なぜそれを知っている?」

茜は瞬間、すっと、目をそらす。

「か、母さんから聞いたり、とか……」

茜の右手指は、正座した太ももの上で始終、ズボンの布地を引っ張ったり離したりを繰り返していた。

(聞いたりとか、か。本当に分かりやすいやつだ)

葉は軽く眉を寄せる。

おそらく、母が茜にその男性についての話をしているのは本当だろう。しかし、情報源はそれだけではないのだ。

彼女は、母から男性の話を聞き、気になって自分からも情報収集を始めたのだろう。具体的には、スマートフォンを覗き見たり、後を付けたり、といったところだろうか。

相手に隠れて情報収集をする。これは、配偶者の浮気を探る際の基本的な行動だ。しかし、彼女の場合は、親子間の話だ。過保護な親が、子どもの交友関係を知ろうとそういった手段を取ることは、ままある。が、子どもが母の身辺について、そこまでコソコソ嗅《か》ぎ回るというのは、あまり一般的ではない。

もう一度、葉は茜に視線をやる。

茜は床に目を落とし、気まずそうに口を結んでいた。

(埒《らち》が明かないな)

葉は、あえて話題を変えてみる。

「そういえば、そなた先ほど境内《けいだい》の掃除をしておったな」

「え、あぁ。はい」

急に違う話を出され、少し戸惑ったような茜は、それでも顔を上げる。

「雑巾は、境内の井戸に掛けていたが、その他の用具はどこから手に入れた？」

「宇治橋通り商店街の金物屋さんで」

「あぁ、あそこでか。店主は元気であったか？」

「うん。元気だったけど？」

「そうか、それはなにより。以前から、そこの息子の件で相談を持ちかけられていてな。その後どうなったかと思っていたのだ」

「へー、そうなんだ。どんなことを？」

葉は軽く息をつく。

「なんでも、店主の息子は大学卒業後、定職につかずアルバイトをしているようでな。歌手になりたいとかで、派手《はで》な服装をして髪を染め上げ、ギター片手にどこかをほっつき歩いているらしい」

そう言いながら、葉はチラリと茜を見る。本当は、金物屋にそのような息子は存在しない。しかし、葉はあえて作り話を持ち掛け、茜の反応を伺う。

「そうなんだ。あの店主さん、普通のおじいちゃんって感じなのに、そんな息子さんがいるんだね」

「店主は溜息をついておった。いい年して情けない、と」

そなたはどう思う？　と、葉はさり気なく尋ねる。

急に意見を尋ねられた茜は、えっ？　と小さく声を上げた後、しどろもどろになりながらも答える。

「……そうだね。うん、情けないよね。良くないと思う」

その言葉はどこか弱々しく、目も泳いでいる。

（母に近づく不届き者と特徴が同じであるにもかかわらず、なぜ、もっと糾弾《きゅうだん》しない？　赤の他人だからか？　それとも）

チラリと茜に視線を向ける。

（本音は、別のところにあるから、か？）

茜は、何か別の事が気になるのか、ずっとソワソワしている。葉の目線にも気づかず、しきりに座布団の角に付いている糸に触れていた。

葉は短く息を吐くと、「そろそろ、時間か」と障子戸の外を見た。

「だいぶ日も暮れている。そなたの話は一通り分かった」

「じゃあ、縁切りしてくれるの？」

茜は手を握り、身を乗り出す。

「まだ分からん。が、結論は明日、伝える」

「明日……？」

急に茜の声が陰る。

「どうした？」

立ち上がりながら、葉は尋ねた。

「私、明日帰るんだ。東京へ」

「そうか。では帰る前に立ち寄るとよい」

そう言って葉は、障子戸を開けた。茜もゆっくり立ち上がり、伸びをする。どうやら長時間の正座で、足がしびれているようだ。

よろめきながらゆっくりと背を向ける茜。

その時、葉は瞳を紅《あか》く発光させる。

（……なるほど）

輝く双眸で足先から後頭部の先までさっと眺めた葉は、茜の「宮司さん」という言葉に、反射的に瞳の灯を消した。

振り返った茜は、眉を下げ、こちらをじっと見つめている。

「……強引に色々しちゃって、ごめんね。ありがと」

申し訳なさそうに微笑む。

突然の言葉に驚いた葉は「……あぁ」と、何とか返答した。

それじゃ、また明日、と言い残し、茜は障子戸を閉めた。

急に静まり返った部屋を、葉はなぜか、普段より寒々しく感じた。

「ニャーン」と、顔を出した紫に足を踏まれ、ふと、我に返る。

「分かっています。少し、今から考えます」

猫に対し、急に敬語を使い出した葉は、そのままもう一度、座布団の上へと腰を下ろす。そして床に置かれた先ほどの写真を手に取った。

目を閉じ、瞳に神経を集中させる。

そうしてゆっくり開けた時、彼の目には、先ほどのような朱《しゅ》が宿っていた。

透糸眼《とうしがん》。

橋宮家の人間に代々受け継がれる能力で、これを発動させると、黒目が赤く染まり、「縁」を物体として、視《み》ることができる。

この瞳で対象の人物を見つめると、その者に絡む縁が見て取れた。しかし、輝く眼が奇怪で目立つため、葉は人前では通常、これをしない。

葉はこの瞳で、じっと先ほどの写真を眺める。

茜の母と店員男性。

それぞれの腕は確かに、一本の紐、「縁」で結ばれていた。

(しかし、これは通常のもの、だな)

縁にも様々あり、執着が強いほど、その糸は太く、相手方の身を縛るように絡みつく。

が、この二人の間を繋ぐ縁は、手首を二、三周している程度のものだ。太さもミシン糸程度と、人間関係構築の初期によく見られる型だ。

(縁そのものからも、特に邪念は感じない)

葉は一旦、瞳を戻す。

そして次は、茜の母親の方に視線を集中させ、もう一度、透糸眼を発動させる。

(これは……)

思わず眉を寄せる。

対象を一人に絞って凝視すると、その者に絡むありとあらゆる縁が見えてくる。

それはまるで蔦《つた》のように、微細なものから大きなものまで、肢体《したい》のあちこちに結び付いているのだが、茜の母には、一際目立つ糸が一本巻き付いていた。

それは綱引きの綱くらいの太さで、絡み方は蛇《へび》のように、くねくねと母の右腕に何周も何周も巻いている。

対象を一人と絞って視る時は、その縁が誰とのものなのかは分からない。しかし、葉には、大方予想はついた。

(ここまで強い絆《きずな》で、この女を束縛したいと考える者。多いのは恋人、配偶者、そして、親子。これは、先ほどの娘のもの、と考えるのが妥当だな)

葉はキュッと下唇を噛《か》んだ。

手に幾重《いくえ》にも絡む縁は、「どこにも行かないでくれ」とすがる幼子を彷彿《ほうふつ》とさせる。

それほど茜は、母に思い入れがあるのだ。

葉はスッと立ち上がると奥の部屋に入る。そして古びた桐簞笥《きりだんす》から、小さめの竹刀袋《しないぶくろ》を取り出した。

その様子を窺うように、紫が彼の足元で立ち止まり、見上げる。

「明日、少しお暇を頂けますか？　この依頼の片を、つけたいのです」

そう言って葉は、袋の中から、一振《ひとふり》の小太刀《こだち》を出す。

断絆刀《だんはんとう》。

縁を断ち切る際に使う刀だ。

代々橋宮神社に伝わるもので、一見普通の短剣と違わない。だが、それには、ありとあらゆる縁を切るという、橋姫の情念が乗り移っている。

縁は一応、祈禱で切ることができる。当事者両名の写真越しにも切ることは可能だ。しかし、やはり一番確実なのは、実際に縁を目視し、断絆刀で切る方法だ。先代である葉の養父は、この、直接切るという方法にこだわっていた。

「一度切った縁を修復することは難しい。やから、むやみに縁を切ったらあかん。縁切り願いは、依頼者の心の叫びと捉えなさい。切ってほしいと懇《こ》う裏にある本心を見極めるんや。その上で、本当に、切るべき縁か、そうでないか。見極め、見定め、切りなさい。縁切りは、癖《くせ》になる。全てとの縁を切り、鬼に身をやつした橋姫様のような人間を、作ってはならん。依頼者の本意を、すくい上げるんや」

あの娘を、救う、か。

葉は白鞘《しらさや》を抜き、鈍く輝く直刃《すぐは》に映る、自分の姿を見つめた。

三

「同行する？　東京に？」

昨日言われたとおり、東京に帰る前神社に立ち寄った茜は、思いもよらない葉の言葉にポカンと口を開ける。

「あぁ。付いていく」

「そ、それは二人の縁を切りにきてくれる、ということ？」

「その最終判断をするために、行く」

そう告げる葉は、昨日までの狩衣姿ではなかった。

紺色のダッフルコートの内側から、白いカッターシャツの襟《えり》が覗いている。手には、横長の黒いボストンバッグがあった。

昨日と違う姿の葉をぼんやり見つめていた茜は、「嫌か？　私が同行することが」と問われ、我に返り返答する。

「嫌じゃないけど。ただ、母さん今日夜勤だし、向こうに着く頃には家に居ないよ？」

「構わん。直接会わずとも、わかることがあるだろうからな」

そうスッパリと言い切られ、茜は無理やり口角を上げる。

「そっか、そこまで本気になってくれてるって、ことだよね。うん、じゃあ、ぜひ、お願いします」

そう言って茜は頭を下げた。

葉がその足で東京に付いてくると思っていなかった茜は、宿にスーツケースを置いていた。

神社で別れ、十五分後にＪＲ宇治駅の改札前で集合することにした茜は、一度、宿に戻る。荷物を取った後、葉をできるだけ待たせまいと、駅へと足を速めた。

そして待ちあわせ場所に到着したのだが。

「……何やってるの？」

切符の自販機の前で立ち尽くす葉に、茜は後ろから声をかける。

小さく肩を跳《は》ね上げた葉は、振り返り、おそるおそるといった感じで、切り出す。

「『東京駅』の文字が、あの路線図にはないが？」

「え、そりゃそうでしょ。これ在来線用だし」

茜はサラリと告げる。葉は軽く目を見開くと「そうだったな」と答え、フイと向き直る。

「……もしかして宮司さん、新幹線に乗ったことない？」

すると葉は、眉を寄せ、顔を少し赤らめながら、「そんなことはない」と軽く声を張る。

「乗ったことくらい、ある。幼き頃、爺様に連れられ、な」

そう言って睨みつける葉を、茜は不思議そうに見つめる。

「じゃあ、切符はもう買った？」

「だから、買おうとこの機械の前に」

「新幹線の切符は、これでは買えないよ。あ、駅員さん、東京までの自由席切符を
……」

そう言いながら茜は、自販機横にある窓口に声をかける。

(宮司さん、こういうの慣れてないんだ)

駅員が切符を用意する最中、茜は先の葉の様子を思い出し、心の中で笑んでい

た。

偉そうな話し方なのに、可愛いところ、あるな。なんて思ったが、それを口にしてへそを曲げられては困るので、何とか言葉にはしなかった。

奈良線のみやこ路《じ》快速で京都駅に着き、そのまま茜は葉を連れ、新幹線の改札に向かう。しかし、途中ではたと足を止めた。

「あ、私、タワー好きの友達に、京都タワーの写真送るって約束したんだった。確か、京都駅中央改札のすぐ目の前にあるんだよね？　一旦出ることになっちゃうけど、ちょっと、寄っていい？」

「あぁ」

葉がうなずくのを確認すると、茜はスーツケースを引きずり、天井からぶら下がる案内板を見ながら歩いていく。

葉がはぐれていないか、チラリと後ろを確認したところ、地元民であるはずの彼は、キョロキョロしながらも、茜の後ろに続いていた。

「うは、かっこいい！」

改札を出た茜は、思わず背をのけぞって、駅構内の天井を仰《あお》ぎ見る。

鉄骨の柱が幾重にも重なったそれは、まるでドームのように緩《ゆる》い弧《こ》を描いている。

銀色の骨組みの向こうはガラスが張られており、空が明るい。

「行きの時は、余裕なくて見られなかったんだけど……。古都京都なのに、この駅すごく近未来って感じだねぇ、宮司さん！」

葉を振り返り見る。

と、彼はまるで初めて京都に来たかのように、感心した面持ちで、ぼおっと天を見上げていた。

「宮司さん、あんまりここ、来ないの？」

茜の言葉に一瞬動きを止めた葉は、目線をそらしながら「まぁ、な」と呟く。

そこで茜は、昨日話した金物屋の店主の言葉を思い出した。

――あの子は友達も作らず、学校にも行かず、一人でずっと、あの神社を守っている。

(そっか、あんまり宇治を、出たことないのか……)

茜は目を細めると、「次は京都タワー、見に行ってもいい？」と、腕を強く振り上げた。

事前に調べていたとおり、タワーは駅を出た瞬間、すぐに見つけることができた。

「東京タワーとか通天閣《つうてんかく》とかは、鉄骨むき出しって感じなのに、これは何というか、シュッとしてるよね」

なめらかなその姿を見ながら、「品があるねぇ」と茜は呟く。

「モノコック構造といって、筒状の塔身そのもので支えておるからな。このタワーに鉄骨はそもそも必要ない」

葉は茜の横でスラスラと説明するが、目線自体はタワーにくぎ付けだ。頬を紅潮させた彼を横目で窺いつつ、茜はスマホで数枚、写真を撮った。

「よしっ、送れた。ありがとう!」

茜が微笑みかけると、葉は、さもタワーに関心はないふうに「では、さっさと行くぞ」と踵を返した。

急いで新幹線ホームに戻ると、目当ての便の到着まであと五分しか時間がなかった。

茜はコンコース内にあった駅弁を買うと、そのままエスカレーターを駆け足で登った。

「はぁ、間に合ったー」

無事乗り込んだ茜は、自由席を確保し、葉と共に腰を下ろした。

「あの短時間で、よく買えたな」

葉は息を切らしている。

「やっぱり、駅弁は醍醐味《だいごみ》だからね。あ、こんなの買ったの。分けやすいかなと思って。ほら」

そう言いながら茜はビニール袋から二つ、箱を取り出す。

「いなり寿司と、柿《かき》の葉寿司、か？」

「こちらは奈良の土産だ」と柿の葉寿司を指差す葉に、茜は「え、そうなの！」と口走る。

「でもま、いっか。京都も奈良も似たようなものだし」

「……京都人が怒るぞ」

そんな葉の言葉を流し、茜はいなり寿司の箱を膝の上に置く。白地に赤と灰色の線で飾られたロゴとイラストが、なんともスタイリッシュだ。

茜は蓋《ふた》を開け、すぐさま黄金色のそれをつまむと、大口で一個丸々を頬張《ほおば》る。

「うひょは、むごふが」

「飲み込んでから話せ」

茜はいなり寿司を一つ飲み込むと、すぐに感想を述べる。

「美味《おい》しい！　嚙んだ瞬間に、甘じょっぱいお揚げさんのお出汁《だし》がじゅわーっと染み出て、最高！　ささっ、宮司さんも」

箱を差し出され、葉も一口、かじる。

「んっ……」

出てきた出汁を思わず掌《てのひら》で受け止める。

茜はお手拭きを差し出しながら、「一口でいかなきゃ」と言いつつ、二つ目を口に放り込む。

「味もいいんだけどさ、食感も素晴らしいよね。ふわふわしたお米のなかに、シャクシャクのレンコンが入ってて」

茜が頰に手を当てながらとろんとした目つきで告げると、

「……生姜《しようが》と胡麻《ごま》も利《き》いているな」

と葉がぼそりと呟いた。

「お次は柿の葉寿司」と、茜は次の箱を開く。出てきたそれは、緑の葉っぱに包まれていた。

「これが、柿の葉？」

「だろうな」

葉も、目線をそれに置く。

転がすように葉っぱを開いた瞬間、酸《す》っぱい独特の香りが、茜の鼻腔《びこう》を突いた。

「食欲そそる匂いだね」

そう言いながら、朱色の鮭《さけ》がのった寿司にかぶりつく。

舌の上で転がしながら、醤油《しょうゆ》をかけ忘れていたことに気がついた。が、鮭自身にしっかり味がついているため、問題はない。程よい塩《えん》みとまろやかな酸味が、口の中いっぱいに広がった。

あまりの美味しさに感想を述べることも忘れた茜は、次に鯖《さば》を手に取る。嚙み付いた瞬間、鯖の中から脂が滲《にじ》み出る。

「うわ、……ジューシー」

そう言いながら夢中で寿司をむさぼる。と、葉がフッと吹き出すように、笑った。

「えっ、なに？」

思わず手を止めた茜に、葉は視線をそらし、窓の外を見ながら呟く。

「これで、少しは不安が紛《まぎ》れたか？」

そう言われ、思わず眉を上げる。

「え、不安？　わ、私は別に不安じゃないよ？　縁切りっていう、たっての願いが叶うんだから！」

そう、早口で繕《つくろ》うが、葉はフンと鼻を鳴らして、窓の景色に視線を移した。

（……なんか、見破られてるな）

茜は、喉の奥に張り付いた気まずさを押し流したくて、箱に残った最後のいなり寿司を無理やり飲み込んだ。

東京駅から地下鉄を乗り継ぎ、茜宅の最寄り駅である学芸大学《がくげいだいがく》駅に到着したのは、午後三時過ぎだった。

商店街を抜け、自宅のある団地へと向かう。

「宮司さん、どう？　東京は」

「……もっと都会だと予想していたが、思ったより、親しみやすいな」

「まぁ、ここは、学生街だからね。東京と言っても、全部が渋谷《しぶや》や新宿《しんじゅく》みたいにキラキラしてる訳じゃないよ」

そんな他愛もない話をしながらも、茜は別のことを気にしていた。

（母さん、この時間にはもう職場にいるよね？）

母は電車通勤のため、駅から家までの移動の間に、ばったり会ってしまう可能性がある。

道中であれば、まだいい。友達だと言ってごまかせるからだ。

しかしもし家で鉢合《はちあ》わせた場合、葉の存在をどう説明すればよいだろう。

（母さんがいない間に、男を連れ込もうとした、なんて思われたら嫌だしなぁ）

そんな不安を抱きながら、団地の階段を登り、ドアの鍵を開ける。

部屋の灯りがついていなかったことに、茜は安堵した。

「さ、入って入って」

彼女が明るい声でそう言うと、葉は「失礼する」と軽くお辞儀をしながらスリッパを履《は》いた。

食卓の椅子に葉を座らせ、自分は対面式キッチンでお湯を沸《わ》かす。

「二人暮らしだからね。そんなに広くはないんだけど……どうぞ、くつろいでね」

と声をかけたのだが、葉はその言葉より先にすでに立ち上がっていた。

棚の上に置かれた写真立てに見入っている。

「あぁ、写真？」

茜が、急須と湯呑《ゆの》みがのった盆を机に置く。

「仲が良いのだな」

棚の上には、複数枚収められるタイプの写真立てがいくつかある。

じっと見つめる葉の隣に立ち、茜は「あぁ」と言いながら説明する。

「写真立てが三つあるのは、私が小学生、中学生、高校生の時の物を、それぞれ飾るためなの。これは小学校の運動会で一番を取った時。で、こっちは芋掘《いもほ》り遠足。これは中学の時、合唱コンクールで指揮をした時ので、これは……」

「全てそなた一人か、母親とのツーショットだな」

「うん。リビングに飾るのに、友達との写真置いても仕方ないしね」

「写真の中のそなたは全て……嬉しそうだ」

「まぁね。母さん普段忙しくて、ゆっくり二人で遊びに行く時間なくてね。でも、こういうイベントの日は、昔から必ず仕事休んで、来てくれたの。それが嬉しくて……」

思わず頬を掻く。

「子が幼き頃の写真を飾る家はままあるが、そなたのうちは、中学、高校のものも飾っておる。愛されているのだな。母に」

「……そう、かもね」

その瞬間、嬉しさと同時になぜか、胸の奥を締め付けられるような、切なさを感じた。

「この赤丸は？」

葉の声で我に返る。彼は壁掛けカレンダーの前にいた。

日付がマジックペンで囲まれている箇所を指差している。

「あぁ、これは、私の模試の日。これでも受験生だからね。前の日は母さんがカツ丼作ってくれるの。ただの模試なのに、ねぇ」

「では、日付下の数字は？」

「こっちは、母さんの勤務体系。老人ホームは二交替制だから、シフトに応じて1か2か、数字をふってるの。1が通常勤務で、2が夜勤」

葉はほう、と漏らしつつ、ぐるりと部屋を見渡す。まるで、何かを嗅ぎまわっているかのようだ。

(何これ？　宮司さん、何かを探ってる？)

茜はゴクリとつばを飲んだ。

「ねぇ宮司さん、そんなことよりお茶、飲まない？　冷めちゃうよ」

気分を変えようと茜は明るい口調で誘うが、言葉を無視して葉は「これは？」と、今度は小さな黒い紙袋を指さした。

茜は眉をひそめる。

「これは、プレゼント。例のチャラ男が母さんの誕生日に渡してきたやつ。中はフツーの革製ポーチよ」

吐き捨てるように答える。

「紙袋に皺がないが、最近貰ったものか？」

「ええ。母さん先月誕生日だったから。本当に、こんなちゃっちいプレゼントで気を引こうなんて。ボテッガ？　ベネ……分かんないけどさぁ」

そう言って茜は、わざとらしく溜息をつく。

葉はその紙袋を覗き込み、勝手に品物を取り出した。

自分が苛立《いらだ》ってきていることに気づいた茜は、心を落ち着かせようと先にテーブルに腰を下ろし、緑茶を一口飲む。

葉は一通りポーチを眺めた後で、それを丁寧に仕舞い、立ち上がった。

やっとテーブルに戻ってくるのかと、茜は急須を手に取り、葉の分を注いだ。が、彼はテレビの前にしゃがみ込み、台を指さした。

「ここに寝かせて置いてある卒業アルバム、見ても良いか?」

「……ご勝手に」

不満が思わず口ぶりに表れてしまうが、葉は我関せずといった感じで、パラパラとそれをめくりはじめた。

口を尖《とが》らせながら、その光景を見ていた茜だったが、葉があるページで手を止めていることに気がつき、後ろから覗き込む。

「ちょっと! 卒業文集まで!」

慌てた茜は、それを取り上げる。

「……お母さんを守っていきたい、か」

「口に出すの止めてよ、恥ずかしい! それ小六の時書いたやつでしょ? 私も、なんて言うか、カッコつけてたというか」

「でもそれが、そなたの本心だろう。今も変わらない、そなたの根底に流れる、思い」

虚《きょ》を突かれ、思わず目を見開く。

「な、なに言ってんの？　そんな中二病めいた気持ち、今は抱いてないよ。大体、子どもの私が、母親を守るとか」

「しかし、当時は本気でそう思っていた。だからこそ、皆に、そして母に宣言するかのように、文集にそう書いたのではないか？」

「……ち、違うわよ。ただみんなに、偉いねって思われたくて書いただけ」

目をそらし、語気を強める。しかし葉は動じない。

「上《うわ》ずった声、早口。全て嘘をつく時の特徴だ。さらに言えば、反論する際、コンマ数秒、間があったな。人は咄嗟《とっさ》の嘘をつく時、一瞬だけ間があく。言い訳を思考するための間だ」

葉の淡々とした言い口に押され、茜はぎゅっと拳《こぶし》を握る。

そんな姿にチラリと目をやり、葉は告げる。

「私が部屋中嗅ぎ回るものだから、気が立っておるのだろう。しかし、これでもう終わりだ。結論は出た」

「結論って……？」

「今回の依頼は、断る」

「えっ⁉」

大声を出す茜。だが、葉は普段どおりの真顔で、眉一つ動かさない。

「何で？　縁を切るために、わざわざ東京まで来たんじゃないの？」

「縁切りのため、ではない。縁を切らぬという判断が正しいか、確認するために参ったのだ」

茜はどうして、と叫ぶ。

しかし、葉は彼女の前を素通りし、食卓の椅子に腰掛ける。そして湯呑みに入っていた緑茶を一口含んだ。

「……中々に良い味だな。淹《い》れ慣れているのか」

フッと一息つき、湯呑みを置く葉。

茜はそんな彼の向かい側に立つと、「料金も払ったのに今更」と、テーブルに勢いよく手をつく。

「初穂料として納めた現金は、縁切り料の半値にも届かぬではないか。それにこれは、お前のためでもある」

「私のためって、どういうこと？　これは、母さんのための縁切りなの。叶えてもらおうと、わざわざ京都にまで」

「ではなぜ、今だに迷っている？　なぜ、時折固い表情を見せる？」

「迷ってなんかない、私は」

「無理をするな、茜。そなたは、優しい奴だ。だから苦しんでいるのだ。母の幸福を願えない、自分の醜《みにく》さに」

茜は思わず、息を止める。

葉はじっと目を見据《みす》えたまま、そっと口を開いた。

「神社で、男のことを尋ねた時、そやつの具体的な汚点を提示できなかったな。そなたが挙げたのは、フリーターだの、髪が金髪だの、表層的なものばかり。私は、そなたが外見や肩書を重視する人間なのかと感じ、あえて男をこき下ろし、同調してみた。だが、そなたは乗ってこなかった。気まずそうに目をそらした。なぜか。印象だけで人を悪く言うことに、抵抗があるのだろう。そなたは本来、表面で他人を判断するような人間では、ない。実際、金物屋の息子の話を出しても、強く糾弾はしなかっただろう？」

そこで葉は一旦、話を止めた。

茜は自らの鼓動が速まるのを感じながら、口を結ぶ。

「つまり、そなたは『軽薄《けいはく》な男だから交際を反対している』のではなく、『交際を反対したいから、男の風貌《ふうぼう》に難癖をつけている』のだ。そなたの本当の願いは、男との縁切りではない。『ずっと私だけを見ていてほしい』という、母親に対する願望だろう？」

茜はグッと息を呑む。そして一瞬の間の後、笑い混じりに声を上げた。

「いやいや！　待ってよ、宮司さん！　私はもう、高校三年だよ。そんな年齢なのに、未だに母さんに『自分だけを見てほしい』だなんて。そんなマザコンじみたこと、思っているはずないじゃない。自分で言うのもなんだけど、私、部活のキャプテンをやってたし、こう見えて結構しっかりしてるんだよ？　京都にだって一人で行けたし、自分だけでやっていける自信もある。マザコンとは正反対じゃない？」

早口で話す茜に対し、葉は静かに首を横に振る。

「確かにそなたには行動力があるし、生き抜く強さも備わっておるだろう。しかしそれは、母親に対する思いの現れでもある。母親に迷惑をかけぬように、母を守れるくらいの強さを持つために、お前は今まで、弱音一つ吐かず気を張ってきたのではないか？　そして、母の方も、そんなお前に応えるべく、必死で働きながらも、お前だけを見つめてきた。悪く言えば、共依存的関係。しかし、そんなそなたらの間に、割り込んできた人物。それがあの男だ」

葉はチラリと、黒い紙袋に目をやる。

「男は、コンビニ店員だと言っていたが、いくら常連でも普通、客の誕生日など知らない。しかし、男は知っていた。母親が身分証を提示した際に見た、ということも考えられるが、母は介護職員で、店は職場近くのもの。荷物受け取りや酒の購入といった、提示を求められる状況には、なりにくいだろう。ということは、母が教えたということだ。そして男はプレゼントを買い、母は受け取った。単なる店員と客以上の関係を構築しつつあることは、二人に会ったことのない私にだって、わかる。そなたは、それが面白くないのだ」

そう言って、葉はテーブル越しにそっと、茜を覗き込む。

茜は咄嗟に、顔を背《そむ》けた。

「その前後くらいか。昨日私に提示した写真が撮られたのは。二人がカウンター越しに向き合う写真。そなたは普通に渡してきたが、あれをどうやって入手した？そなたが隠し撮ったとしか考えられぬではないか。なぜそんなにコソコソする必要があるのか。なぜ面と向かって母親から、男との関係を聞き出し、『付き合ってほしくない』と伝えられないのか。それは、『私だけを見てほしい』というそなたの思いが、単なる自分のエゴだと分かっているからだろう？」

茜は唇を噛む。葉は、緑茶を少し口に含んだ後、再び切り出す。

「そなたは、母親を自分だけのものにしておきたい。一方で、母には、自分の人生を生きる権利があることも頭では理解している。だからワガママは言うべきでない。そうして思い詰めたそなたは、直接自分の手を汚すことなく関係を割く方法——神社での縁切りを思いついたのだ。縁を切れば、二人は自然と離れるし、そなたが関係を裂いた事実も、まずバレない。そなたは悪役になることを回避しつつ、目的を達成できることになる」

どうだ？　間違っているか？　と、葉は静かに尋ねる。

茜は俯《うつむ》き、何とか次の言葉を探そうとする。が、頭が正しく働かない。唇が震え、上手く言葉が発せない。

彼の言葉は、多分、間違っていない。間違っていないから、何一つ言い返せないのだろう。

そう思った瞬間、過去の出来事が、茜の脳裏に蘇《よみがえ》る。

父親が、家庭から遠ざかっていったのは、茜が小学二年生の頃からだった。帰宅時間が遅くなり、段々と家で父を見る機会が減っていった。しかし母親は、典型的なお嬢様育ちで、そんな父を疑おうとはしなかった。茜が尋ねても、「パパはお仕事が忙しいだけ」と眉尻を下げながら微笑んだ。

深夜、茜がトイレに立つ時、リビングからはいつも灯りが漏れていた。気づかれないようにそっとドアを開けると、そこには、冷めた父の夕食を前に、椅子に腰掛け帰りを待つ、母の姿があった。

時にはテレビを見ながら、時には本を読みながら。

父を信じ切っているのだろう、じっと待っている母の姿に、悲愴感は感じられなかった。

だから茜も、「母さんは、本当に父さんのことが好きなんだな」というくらいにしか、思わなかった。

そんな日々を一年ほど過ごしたある日、それは突然、訪れた。

父が見知らぬ女を、家に連れてきたのだ。そして父は開口一番、母の前で、宣言した。

「俺たちは、結婚する。だから、別れてくれ」

物陰に隠れ、耳をそばだてていた茜は、一瞬息を止めた。

寝耳に水、とはまさにこのことだ。

えっ、どうして？　と、真っ先にそう思った。

だって、母さんは父さんのことが大好きで、どんなに夜が遅くても、愚痴《ぐち》も泣き言も言わず、父さんの帰りを待っていたんだよ？　父さんを、信じていたんだよ？

なのに、何でそんなにひどいことができるの？

それからの話し合いに、茜が加わることはできなかった。

茜は祖母の元に預けられ、戻ってこられたのは、全てが終わった後だった。

茜たちが住んでいた家は、父が先祖から受け継いだ土地らしく、その家を出ることになったのは、被害者であるはずの、母と茜の方だった。

母方の祖父母は実家での同居を提案したが、すでに兄夫婦と三人の子どもが同居していることに遠慮し、母はその申し出を断った。

引っ越し前夜、リビングをそっと覗くと、荷造り用のダンボールに囲まれて、一人で泣いている母の姿があった。

母は、血管の浮き立つか細い腕に顔を埋め、声を殺して泣いていた。

そんな姿を隠れ見ながら、茜は思った。

母さんは華奢《きやしや》で、すらっとしていて、細い。風が吹いたら飛ばされてしまいそうなほどだ。

そんな母さんが、この重い段ボール箱を、運ぶことなんてできるんだろうか？　これから、母さんだけで生活が成り立っていくのだろうか？　途中で折れてしまわないだろうか？　疲れて歩けなくなってしまわないだろうか？

私が、なんとかしなきゃ。

とりあえず、箱は全部私が運び出そう。母さんが倒れそうな時は、私が支えよう。

――母さんは、私が守るんだ。

先の引っ越し用荷物は、当然のことながら引っ越し業者が運んでくれた。

茜は肩透かしをくらいながらも、手伝った。しかし、父は姿すら現さなかった。

引っ越し先の団地は狭く、小学生の茜ですら、自分たちの生活レベルが格段に下がってしまったことを理解した。

しかし、母は眉をハの字にしつつも、微笑んだ。そして、段ボール箱で足の踏み場もないリビングの真ん中で、茜に向かってこう言った。

「茜、これから二人で、一緒に頑張ろうね」

茜は「うん」と強くうなずいた。

それからの母は、手探りではあったが動き出した。

友人のつてで、老人ホームのアルバイトをし出した母。最初は資格なしでできる、洗濯、掃除といった雑務を一手にやっていたようだ。

と同時に、茜の就寝時間後には、ヘルパー資格の勉強もしていた。

深夜、トイレに行く途中で、以前と同じように明かりの漏れるリビングを覗くと、そこには椅子に腰かけながら、問題集に突っ伏して眠っている母の姿があった。

そんな母に、茜はそっとブランケットをかける。そして思う。こんなに頑張っている母の負担になってはいけない。むしろ、母の苦手とすることを率先して行い、助けなければ。

こうして茜は、虫退治や電球の付け替え、テレビの配線や地域の清掃など、昔は父の担当であった仕事を、自ら買って出るようになった。

そのたびに、母は茜に言った。

「ありがとう。母さん、茜がいてくれて、本当によかった」

嬉しかった。と、同時に強く思った。

父さんの代わりに、私が母さんを支えよう。

お嬢様育ちで、華奢な体型の母さん。

そんな母さんは、社会人経験がないにもかかわらず、今、必死に頑張ってくれている。

だから私も頑張らなければならない。母さんを支えるために。いや、母さんを引っ張っていけるほどに。

お互いが、お互いの為に精一杯頑張れば、生活は回っていく。

今更、父親なんていらない。私達は、誰も必要としていない。

これからも、ずっと、私達は、私達だけのために頑張っていくんだ。

そう思ってた。のに。

最初にその「異変」に気がついたのは、二人でドラッグストアに買い物に行った時だった。

母は、口紅の棚の前で立ち止まっていた。

「何、ほしいの？」

後ろから声をかけると、母はビクッと肩を震わせた。

母はその職業柄、年中ナチュラルメイクで通しており、唇に塗るものはもっぱら、保湿用のリップクリームだけだった。そんな母が、口紅だなんて。しかも横のポップには、「大人の誘惑」の文字。

「なに、母さん、好きな人でもできたの？」

冗談で言ったにもかかわらず、母の頬はみるみる赤らんだ。

嘘でしょ？　分かりやすすぎない？

茜は愕然とした。

母はすぐさまその場を移動し、帰り道では、まるで茜に話を振られる隙を与えまいとするように、昨日テレビで見た漫才がいかに面白かったかを延々と語った。

本当は、面と向かって聞きたかった。知りたくてたまらなかった。

母さん、本当に恋してるの？　相手は誰なの？　どこで出会ったの？　その人のこと、私のこと好き？

しかし、聞けなかった。聞きたくない言葉が返ってくることが、怖かったからだ。何でも口に出す性格の茜は、心にわだかまりを抱えたまま日々を過ごすことに慣れていない。母の前ではから元気で通すものの、一人で自室に入った途端、気持ちの重さでベッドに沈み込むような毎日が続いた。

このままじゃ、いけない。

茜は行動に出た。

まずは、夜勤の日、こっそり仕事鞄《かばん》から母のスマホを抜き取った。

中身を一通りチェックした後、それを届けに行く体《てい》で職場の事務所を訪ねた。

母は休憩中で外に出ていたらしく、茜はその隙に、最近の母の様子を周囲に聞いてみた。だが、特に変わったところはない、との返事があるのみだった。

さり気なく職場の男性陣についても聞くが、みな既婚者で、昔から働いている人ばかりだという。

まさか、あの母さんが既婚者と……と思ったところで、母が帰ってきた。

コンビニに行っていたという母は、「わざわざありがとう」と礼を伝えた後、休憩を終え事務所を出ていった。

その背を見送った直後に、事務員がふと口を開く。

「そういえば豊島さん、夜勤の時、コンビニに出ることが増えたな」

コンビニに出ることが増えた？

茜は不審に思った。

母は節約家だ。仕事にはいつも弁当と水筒を持っていくし、必要な物はスーパーで買う。割高なコンビニになど、滅多《めった》に行かないはずだ。なのに、頻繁《ひんぱん》に行っているなんて。

早速そこに出向くと、コンビニとは不釣り合いの「いらっしゃい！」という威勢のよい声が響いた。

レジ打ちの金髪青年は、耳のピアスを揺らしながら、笑みを浮かべ、こちらを見ていた。

（まさか、この人？）

雑誌を立ち読みするふりをして、レジに目線をやる。

二十代くらいのその男性は、チャラチャラした見た目に反し、とても礼儀正しく、どんな客に対しても笑顔で接客をしていた。

観察を終え、怪しまれないように茜も、ジュースのペットボトルを片手にレジ前に立つ。

店員は品物を目にするなり、「美味しいっすよね、これ」などと言いながらバーコードを通す。

普段の茜なら、「大好きなんです」なんて会話するところだが、到底、そんな気分にはなれない。

チラリと胸元の名札に目をやる。

(城《じょう》ヶ《が》崎《さき》……さん)

名前を覚えた茜は、次週の夜勤の日も、こっそりそこを訪れた。曜日が前回と同じだったからか、レジにいたのは同じ男だった。

雑誌を読むふりをして待つこと三十分。

(来た……!)

茜はキャップを深くかぶり直す。

母はお菓子と飲み物を持ち、レジに向かった。そして母の番になった瞬間、城ヶ崎の顔がほころぶのを、茜は確かに見た。

何を話しているかまでは聞き取れない。

しかし、後ろに客がいなかったこともあり、城ヶ崎は、普通の客より明らかに長く、母と話している。

楽しそうな笑い声。茜はそっと、その姿をスマホに収めた。

帰宅後、誰もいないリビングで一人、先の写真を拡大してみる。

母は口元を押さえながら微笑んでいる。その表情は、いつも茜に向けるそれとはどこかが違った。

瞬間、胸の奥から、底しれぬ熱い何かが湧《わ》き上がる。マグマのように煮えたぎる、黒い、ドロリとした感情。

この感情は、何と呼ぶものなのだろう？

それが分からないまま、ある日、その気持ちは沸点に達する。

「何これ」

仕事から帰ってきた母は、見慣れない紙袋を下げていた。

「あぁ、これは……」

誕生日プレゼントにってね、と頬を掻きながら、母が気まずそうに答える。

「職場の人からよ。ただのポーチ」

貰ったものに「ただの」なんてわざわざ付けることを訝《いぶか》しんだ茜は、母が風呂に入っている隙に、紙袋を開けた。

『豊島さん、お誕生日おめでとうございます。もっと豊島さんとお話ししてみたいです。前に一度渡していますが、もう一度。よかったら、連絡ください。城ケ崎』

その電話番号入りメッセージは、品質保証カードの裏に、ボールペンで書かれていた。

カードはポーチの内ポケットに入っており、この存在を母が気づいているかどうかは謎だ。

咄嗟に、カードを自分のポケットに隠す。

そして思った。もう時間がない、と。

一刻も早く二人の仲を割いてしまわないと、城ヶ崎と母は、ますます近づいていく。心が黒いマグマに完全に覆われた時、茜はふと、閃いた。

このモヤモヤした気持ちは、「憂慮」だ。私は、母さんが悪い男に引っかかり、不幸になるのではないか、と心配しているのだ。

母さんのために、あの男を追い払わねば。母さんの今後の未来のために。

「母のため」。そう思い込んでからは早かった。すぐさま、二人の仲を引き裂くための、具体的な方法を考える。

探偵や別れさせ屋を雇うお金はない。

他に手段はないものかとスマホで検索する最中、出てきたのは「縁切り」というワードだった。さらに調べを進め、たどり着いたのが橋宮神社に関するブログだ。

金額は書かれていないが、通常、神社の祈禱は、せいぜい五万円ほど。アルバイトもしていた茜にとっては、出せない金額ではない。

こうして茜は、受験勉強に本腰を入れるべき十一月に、わざわざ京都にまで出向いた。

なのに。

「……なんで、切ってくれないのよ」

瞳には、知らない間に涙が浮かんでいた。茜はそのまま、力なく椅子に腰を下ろす。

葉は目を細めながら、そっと、口を開いた。

「そなたは男を軽薄だと罵《ののし》るが、男はおそらく、本気でお前の母を好いておる。お前は知らぬのかもしれないが、あのポーチ、ブランド品だ。しかも、かなり高価な店の。フリーターの人間が、あんなもの気軽には渡せまい。妻や彼女にならともかく、まだ交際もしていない相手に」

それに、と葉は続ける。

「経済的に余裕があるわけでもないであろうそなたの母が、店員とプレゼントをもらうまでの関係になったということは、足繁く通っているからだ。おそらく、母の方も、男に惹《ひ》かれているのだろう。ではなぜ、母はその好意を受け入れないのか。それは、そなたに気兼ねしているからだ。あのプレゼント、なぜあんなに無造作に、リビングに放置されている？　本当に必要ないならば、売るなり人にやるなりすればよい。大切ならば、自室に持ち帰り、クローゼットの中に入れたらよい。なのに、どっちつかずの状態で、未だ放置されている」

なぜだと思う？　と尋ねられるも、茜は言葉を返すことができない。

数秒の間の後、葉が再び口を開く。

「これはあくまで推論だが、そなたの母は、こっそり自室に持ち帰った末、知らぬ間にそなたに見つかることを、恐れたのではないかと思う。あくまで、送り主とはなんの特別な関係もない。それをアピールするために、わざとここにずっと置いているのではないか、という、気がするのだ。受験前のそなたに、要らぬ心配をかけないために。母はそれほど、そなたのことを、大切に思っているのではないか？」

そう問われ、茜は思わず、うなずく。そして観念したかのように、弱々しく返事をした。

「……たぶん、そう。母さん、本気であの人のこと、好きなんだと思う。だけど私に遠慮して、ずっと踏み出せないままなんだと思う」

「それでも男は、母を諦めぬのであろう？　一途な人間といえる。相手がとんだクズであれば縁を切ろうかと思ったが、そういう雰囲気ではない。そんな二人の仲を無理に割いては、そなた自身の心に一生、傷が残るぞ？　そして、今後も、母の前に男が現れるたびに、お前は縁を切りたくなる。縁切りは癖になるからな。しかしそれでは、母はそなたの強すぎる絆にがんじがらめになり、身動きが取れなくなってしまう。それは茜、そなたもだ。そのような関係は、健全とは、言えぬ」

静かに語る葉に対し、茜は力なく「そうだね」とこぼす。

――縁切りは、あくまでも母のため。

自分にそう言い聞かせることで、茜は本音から目を背けてきた。

男と母の関係を知った時、湧き上がってきた感情。それは「憂慮」ではなく、本当は「嫉妬」だったのだ。

汚いエゴを隠したくて、茜は無意識のうちに、「母のため」という大義名分で自らの本音に蓋をした。それが今、葉の手により、白日の下《もと》にさらされたのだ。こうなった以上は、自分の醜い感情と対峙《たいじ》せざるをえない。

無意識に閉じ込めていた本音を言い当てられて、茜は、はーっと長い溜息を漏らす。

自分の依頼が断られたというのに、今は、先程ほど腹が立っていない。それどころか、心にかかっていた雲が薄くなり、陽の光が弱々しくも差してきた、そんな気さえした。

「茜」と凛とした声で呼びかけられ、茜はそっと、顔を上げる。

そこには、切れ長の目を更に細める、葉の姿があった。

「縁切りなどに頼まずとも、そなたは、この問題を解決できる。母と、向き合え。

私は縁を目視できるが、二人の絆は、本音をぶつけ合った程度で切れる、ヤワなものではない。大丈夫だ。私が保証する」

その口調は、今までと同様に淡白ではあったが、温もりが感じられる。

「……そうだね。ちょっと、頑張ってみようかな」

茜は、眉尻を下げながらも、微笑んだ。

四

やれやれと肩を回しながら、葉は新幹線のシートに腰を下ろした。

「宮司さん、ボストンバッグ、上の荷物置きにのせてあげるよ」

茜が手を差し出すので、葉は黙って鞄を渡す。今回は使わなかったが、その鞄の中には神社に代々伝わる断絆刀が入っていた。確実に鞄が置かれるのを確認してから、葉は視線を下げた。

茜は「よしっ」と言いながらそのまま、当然であるかのように、葉の隣にストンと座った。

「E席に座れてよかったね、宮司さん。この席は……」

「そんなことよりなぜ、ここまで付いてくる？　今ならまだ間に合うぞ。帰れ」

吐き捨てるように呟く葉を、茜は軽く睨む。

「言ったでしょ？　宇治まで送るって。だって宮司さん、ちゃんと帰れるか心配なんだもん。さっきも、間違って東北新幹線の改札に行こうとしてたじゃない。ほっとけないよ」

眉をひそめる葉を前に、「それに」と茜は続ける。

「私、今、お金あるのよ。宮司さんが、縁切り代として払ったお金のほとんどを、返してくれたからね」

「依頼を断ったのだ。返金は当然だろう。あるからといって、無駄遣いするな」

「無駄じゃないよ。私は、感謝してるんだ、宮司さんに。断られて、最初は少しムッとしたけど、その後急に、心が軽くなった。宇治まで送るのは、そのお礼を兼ねているの。だから、これは無駄遣いじゃない」

そして少しだけ頬を赤らめながら、小声でこう言った。

「ありがとう、宮司さん。私の本音を見つけてくれて」

そう言って軽く口角を上げる茜。葉は口をつぐみそっぽを向くと、黙って車外に目をやった。

新幹線が、動き出す。

しばらく黙っていた二人だったが、不意に、茜が口を開いた。

「ところでさ……。宮司さんってさ、心が、読めるの？」

「……なぜそう思う？」

「なぜって、私の本音が、色々見抜かれてたから」

葉はフンと鼻を鳴らす。

「見抜いていたわけではない。そなたを観察し、感じた推論を口に出したまでだ」

「確かに、しぐさとか、話し方を指摘してきたよね」

「あぁ。表情やしぐさ、行動には本音が出る。癖や偶然ももちろん混じるが、観察し、複数の手がかりを集める。それらの大部分が一つのものを指しておれば、そこに真実がある」

「なるほど。一つのしぐさだけで判断してる訳じゃないんだね」

茜は感心したかのようにうなずく。

「でもそんなの、中々普通の人にはできないよね」

その問いに、葉は「まあな」と小さく呟く。彼は幼い頃より、それらの技術をすべて、先代の宮司である養父に徹底的に教え込まれてきた。先代はかねてより、政治家や経営者などといった、あらゆる人々の相談を受けてきた。葉は彼の弟子として、いつも先代の傍《かたわ》らにおり、しぐさの意味や感情の探り方などを実践的に学んできたのだ。

「私は昔から、爺様の手ほどきを受けておる。普通の人間では、ない」

するとと茜は、なにか思うところがあるのか、一瞬、目を丸くした。そして、数秒の間の後、そっと口を開いた。

「そういえば宮司さんって、橋姫様の許婚として、俗世から離れて、ずっと修行してきたんだってね」

友達も作らずに、と、茜が付け加える。

「……どこで聞いた？」

「金物屋さんで。ずっと一人で、神社を守ってるって」

そんなのってさ……と言いながら、茜は遠慮気味に続ける。

「寂《さび》しく、ないの？」

瞬間、紙で指先を切った時のような、軽い痛みが走る。

「そんなこと、思ったこともない。これが私の日常だ」

努めて、さらりと返答する。

何気なく車窓に目をやると、丁度、学校のようなものが見えた。下校中と思われる、ランドセルを背負った子たちの姿がある。

『なぜ、私は学校に行かないのですか？』

昔、養父に聞いたことがあった。養父は困ったように微笑みながら、

『お前には、学校で習うこと以上に大切な定めがある。お前はその務めを果たすために生まれてきた、特別な存在なんや。普通の子のように学ぶ必要はない。それ以上のことを、橋姫様から学びなさい』

と言っていた。

——自分は、特別な存在。

その言葉は、当時の葉の自尊心をくすぐり、心を優しく包んだ。その言葉があったから、誰も羨《うらや》むことなく、自らの道を歩むことができた。

そのはずだった。

「私は、そなたらとは違う。特別な」

自分に言い聞かせるためにも、葉はあえて口に出し、ちらりと横を窺い見るが。

茜はシートの隙間に頭を寄せて、うつらうつらと寝息を立てている。

(寝たのか？　さっきまで話していたのに。全く……)

深い、ため息をつく。

自分の隣で、同世代の女子が眠っている。

今まで経験したことがないこの状態に、葉は少し、戸惑った。

そっと目を閉じ、透糸眼を発動させてみる。

朱色の瞳越しに、裁縫糸程度の細い縁が、自らと茜の手首を繋いでいるのが見て取れた。

（……まずいな）

自分は神様の許婚。俗世の者と必要以上に交わるべきではない。余計な縁は、切るべきだ。

そう咄嗟に思い、刀を取るために腰を上げた。こっそり出せば、他の誰にも気づかれないと踏んだのだ。

しかし、スヤスヤと気持ちよさそうに眠る茜の姿を見下ろした時、肩の力が抜けた。

（この者は、こう見えて疲れ切っておるのだろう。心の荷が下りた今日くらい、そっとしておいてやるか。それに、どうせ我々の絆など、一時のもの。ほうっておいても、自然と切れるであろう）

ふっと息を吐くと葉は、再びシートに座り、外に目をやった。

と、その瞬間、今まで写真でしか見たことがない光景が、眼に飛び込んできた。

（あれは……）

車窓越しに見えたのは、古代から日本人に敬われている、神秘の山。

（富士の……山……）

快晴であったためか、その神聖な姿は、新幹線の窓越しにも、はっきりと見ることができた。

純白を被った、蒼《あお》く、堂々としたその姿。

そのあまりの荘厳さに、葉は思わず息を呑んだ。

(そういえば、こやつ、席にこだわっておったな)

自分に、この光景を見せるためだったのだろうか。外の世界を知らない自分に、その魅力を伝えるために。

(……まさか、な)

頭を振ると、そのまま葉は、また車窓へと視線を戻した。

――葉、お前は橋姫様の夫になる人間や。橋姫様だけを見つめ、その職務を全うせなあかん。それが、お前の人生の、すべてや。分かってるな?

兄の言葉が蘇る。全く、そのとおりだと思った。

自分は、橋姫様のためだけに存在する。

外の世界に、憧れなど抱いてはいけない。

しかし、先ほどの富士は美しかった、と葉は改めて思った。陽の光を浴びて輝くその姿は、まさしく希望の象徴のように、神々しくて。

その光景を見たことで高鳴った胸の鼓動は、しばらく収まらなかった。

第二話　それも愛の形だと思っていました

一

「ありがとぉ、茜《あかね》ちゃん。ここの抹茶パフェ、食べたかってん」

茜の向かいの席で、前原美咲《まえはらみさき》はクリームののったスプーンを片手に満面の笑みを浮かべる。

「いやいや、私も食べたことなかったし、よかったよ。それにしても、変な感じがするね。東京育ちの私が、京都出身の女の子に京都を案内するなんて」

「京都、ゆーても、広いしなぁ。私が住んでたんは嵐山《あらしやま》の方やったし、宇治《うじ》には来たことなかってん。それに、住んでたってゆーても中学の時には引っ越したしなぁ。居《お》った頃は、友達同士で観光できるようなお金もなかったし」

「確かに、宇治って、京都市内からはちょっと離れてるもんね」

「京都駅からは電車で十五分くらいやし、行こうと思えば行ける距離なんやけどね。いつでも行けると思たら中々行かへんのよねー」

「確かに。私も東京タワー見たことないもん」

茜は、パフェの白玉を頬張《ほおば》りながら、うんうんとうなずく。

茜が、縁切りのために京都を訪れた時から、半年ほどの歳月が経過していた。

当初は、実家から通える大学を希望していた茜であったが、あの一件を機に、「親離れ」を決意。京都の大学を第一志望に決め、猛勉強したのだ。

その結果、合格を勝ち取り、この春から宇治の隣、京都市伏見《ふしみ》区にて一人暮らしをしていた。

向かいに座る美咲は、マンションの隣の部屋に住む同級生だ。

学部が同じだったことから意気投合し、このように、休日一緒に過ごすことも、珍しくはない。

ウェーブのかかった薄茶色のロングヘアに、色白の肌。レースのブラウスの上にさくら色のカーディガンを羽織《はお》る彼女は、とても女の子然としている。スカートよりパンツを好む茜とは異なるところが多かった。だが、「自分にないもの」を沢山持っている彼女に、茜は友人としての魅力を感じていた。

「こんなに美味《おい》しいパフェ食べられたし、もう今日は思い残すことないよー」

茜がそう言ってお腹を擦《さす》ると、美咲は慌てた様子でツッコんだ。

「何言うてんの、茜ちゃん！　まだ行ってないやん。橋宮《はしみや》神社。あんなにいつも話してくれててんのに」

美咲が両手をテーブルにつき、茜を覗《のぞ》き込む。

「え、私、そんなにいつも、話してる？」

「話してる、話してる！　宮司《ぐうじ》さんは、愛想ないけど良い人や〜、とか、住み着いている黒猫ちゃんがかわいいとか。私もぜひ会《お》うてみたいもん。たまに、お掃除に行ってるんやろ？」

茜はハハ、と苦笑いをしながら目をそらす。そういえば、無意識のうちに話していた、かもしれない。

京都に住み始めてから茜は、数週間に一度、橋宮神社に通っていた。

表向きの理由は「葉《よう》が苦手とする庭掃除を行うため」だが、本当の理由は、葉のことが気にかかるため、だ。

東京に帰ってからも茜は、あの早朝の光景——橋姫《はしひめ》が葉の額に口づけする姿を、時々思い返していた。

定めとして、橋姫の許婚《いいなずけ》となった葉。

学校にも行かず、友達も作らず、一人掟《おきて》に従い、神社を守っている葉。

彼は本当に、その運命を心から受け入れているのだろうか。寂《さび》しくはないのだろうか。幸せなのだろうか。

元々茜は、その育ちもあって、世話焼きな一面を持っている。それが高じて、部活のキャプテンに立候補することもあった。

しかし、世話を焼く対象であった母や部活の後輩が、今の生活にはいない。その持て余した気持ちが、自分を救ってくれたという恩も相まって、橋宮神社に足を向けさせていた。

もちろん、嫉妬《しっと》深い橋姫が、神社に通う自分をよく思わないのでは？　という疑念は、頭の片隅にあった。しかし、茜には葉を横取りしようなどという気は全くないし、そもそも茜は、あまり他人から女として扱われた経験がない。だから大丈夫だろうと、勝手に結論づけていた。

「……美咲が神社に興味があるのは分かったけど、あそこ、縁切り神社だよ？　彼氏持ちの美咲を連れて行くのは、ちょっと躊躇《ためら》いがある、かも」

そう言った瞬間、驚いたのか、美咲はむせたように咳をし、胸を叩いた。

「……何を言い出すんかと思た。そんなこと気にしてくれてたん？」

茜がまぁ、と答えると、美咲は苦笑した。

「でも、訪れるだけで縁切られるわけちゃうやろ？」

「確かにそうだけど……。でも、恋人同士で宇治橋を渡るだけで、橋姫様に仲を引き裂かれる、なんてジンクスもあるんだよ？　遠距離にもかかわらず、未だ彼氏とラブラブな美咲が行ったら、嫉妬されて、それだけで縁、切られちゃうかも」

美咲はまさか、と言いながら、ふと外に目をそらす。

「それに、そんなラブラブってほどじゃ、ない、し」

そのポロリとこぼれ出た声が、異様に弱々しく、茜は一瞬眉《まゆ》を上げた。

「美咲？」と声をかけると、彼女は我に返ったようにこちらを見て、「何にせよ、行くの楽しみや」と、微笑《ほほえ》んだ。

つられた茜も口角を上げ、じゃあ、行ってみよっか、と立ち上がる。

こうして会計を済ませた二人は、数分歩いた後に、橋宮神社の脇戸をくぐった。

茜がちょこちょこ手入れしていることもあり、六月の雨季であるにもかかわらず、境内《けいだい》にぬかるんだ箇所はなく、溝もその役割を果たしていた。

青々とした銀杏《いちょう》の葉が、優しい風に揺れ、サヤサヤと音を奏でる。

「思ったより、爽《さわ》やかな場所やね」という美咲の言葉に、茜はなぜか、自分が褒《ほ》められたような気がして、少し恥ずかしい気持ちになった。

「宮司さん、いる？」

スニーカーを脱がないまま、手と膝《ひざ》で本殿の階段を登り、障子戸をトントンと叩く。

「なんだ」という返答を確認した後、茜はそっと障子戸を引く。そこには、座卓で本を読んでいる、狩衣《かりぎぬ》姿の葉がいた。

「勝手に開けるでない。どうせ用もないのだろう」

吐き捨てるような言いぶりだったにもかかわらず、茜は「紹介したい人がいてね」と明るく声を張る。

葉は眉を寄せながら、数秒、こちらを見つめていたが、やがて諦《あきら》めたかのように腰を上げ、パンと障子戸を全開にした。美咲は思わず「ひっ」と言いながら、茜の陰に隠れる。

「こちら、前原美咲ちゃん。前、話したでしょ？　私の部屋の、隣に住んでる子。同じ大学で、同じ学部なんだ」

「こ、こんにちは……」

美咲がそっと、茜の後ろから顔を出す。

「茜ちゃんが、いつもお世話になっています」と、やや震えた声で言うと、葉は「上がれ」と踵《きびす》を返した。

本殿の中は、茜が冬に訪れた時と、何一つ変わっていない。

灯《あか》りが電球と蠟燭《ろうそく》のみという薄暗い部屋。その中心に据《す》えられているのは、大きな神棚だ。

脇には夏にもかかわらず、小学校にあるような筒状の石油ストーブが出しっぱなしにされている。おそらく重くて中々片付けられないのだろう。真夏になる前に何とかしよう、と茜は心の隅で思う。

葉は座布団を二枚、二人の前に置くと、自分は床にあぐらをかいた。

「ここに連れてきた、ということは、縁切りの相談か？」

「違う違う。ただ、美咲が行ってみたいって言ったから、ねぇ？」

「う、うん」

美咲は恐縮したようにうなずく。彼女は茜とは違い、人見知りをするタイプだ。実際、茜と打ち解けるまでにも、一ヶ月ほど時間がかかった。

「美咲は、彼氏と深い絆《きずな》で結ばれているから、縁切りなんて関係ないの。今回はただ、私がよくここの話をするから来たいって思ってくれただけで」

「なるほど、交際相手がいるのか」

「うん。高校時代からの付き合いなんだって。今は遠距離になっちゃったけど」

「茜ちゃん！　そんな、勝手にペラペラと……」

美咲は顔を真っ赤にしながら、俯《うつむ》く。

「彼氏は、地元にいるのか？」

「えぇ、まぁ」と美咲がうなずく。

「私、元々出身が京都なんです。父の転勤で一度、東海の方に出たんですけど、やっぱり京都が懐かしなって。親戚を頼りに、こっちにもう一度出てきたんです」

「なのに、宇治に来たことなかったんだって！」

「平等院《びょうどういん》にもか？」

葉が訝《いぶか》しげに尋《たず》ねると、美咲はえぇ、と目をそらす。

その時、ニャーンと葉の後方から声が聞こえた。

「あ、紫《むらさき》ちゃん！」

茜はすぐさま手を伸ばすが、紫は素通りし、正座する美咲の膝をふんふんと嗅《か》ぐ。

「ったく、今日もつれないなぁ～」

茜が口を尖《とが》らせる。

東京から出てきた時は、あれほど茜に体を擦りつけてきた紫だったが、その後、彼女がこの神社に顔を出すたびに、紫の態度はそっけなくなっていった。

「何で来るたびに冷たくなるわけ？　普通、逆だよね？　なんか嫌われるようなことした？」

首を傾ける茜に、葉は「足でも踏んだのではないか？」と冷たく言い放つ。

「それにしてもかわいいなぁ。黒の子猫さんなんて。黒猫さんって、ペットショップとかにも居らんから、子猫を見るのは初めてかも」

そう言って紫の背に触れる美咲。

「だよねー。初めて会った時から小さくて、可愛くて、今もそのまんまのサイズでさぁ」

と言いかけたところで、ん？　と茜は何かに引っかかる。が、その原因に考えがたどり着く前に、紫は美咲の膝の上に乗った。

「あっ！　私の方には来ないのに⁉」

「なんやろ、好かれたんやろか？」

美咲が頬を緩《ゆる》めた、その時だった。

ポロン、ポロンとスマホの着信音が流れる。

美咲はピクッと肩を震わせた後、急いで横に置いていたショルダーバッグから、スマホを取り出した。だが、慌てていたためか、それは彼女の手をすり抜け、床に転がる。

すぐさま拾い上げた美咲は、画面を見るやいなや立ち上がり、「ちょっと、外すな」と言いつつ部屋を出る。

「彼氏かな？」とニヤつく茜に、「そうは見えんが」と葉は呟《つぶや》く。

「何？　何でそう思うの？」

「顔がこわばっておっただろう」

「そう？　わかんなかった。さすが、宮司さんは婚約者がいるだけあって、恋人同士の機微《きび》には敏感ですなぁ」

そう言いながら顎《あご》を擦る茜。葉は気まずそうにコホンと咳払いをした。

しばらくした後、再び入ってきた美咲の顔は、少し、青白かった。

「どうしたの、なんかあった？　顔色悪いよ」

「え、ホンマ？　あ、ああ、なんかちょっと、外、曇《くも》ってきたからかな。知ってるやろ、茜ちゃん、私、頭痛持ちなん」

「低気圧でなるっていう、あれ？」と茜が尋ねると、美咲はうんうん、とうなずく。

「ごめん、うち……ちょっと帰るわ。しんどなってからやと、迷惑かけるかもしれんから」

「低気圧ということは、雨が降るのだろう。傘はあるのか？」

「あ、あります。折りたたみが。ありがとう、宮司さん。ごめんなさい。また改めて、来ます」

そう言いながら、美咲はせかせかと部屋を後にした。

「大丈夫かな、美咲」

茜が心配そうに言うと、葉は「いつもああなのか？」と尋ねる。

「どうだろう？　確かに、慌てて電話に出ることは多いけど、頭痛で帰るってのは初めてかな？」

葉は黙って、腕を組んだ。

美咲は神社を出ると、すぐにスマホを取り出した。早鐘を打つ鼓動を何とかなだめながら、震える指で画面に触れる。

そして、「大野《おおの》誠《まこと》」の文字で埋め尽くされた着信履歴をタップし、電話をかけた。

「ちゃんと抜けてきたか？　駄目《だめ》じゃないか。俺からの電話は、三コール以内に出ろと、いつも言っているだろう。七コール目で出るなんて、浮気を疑われても仕方ないよな。次に会う時には、ちょっと話し合いが必要か？」

ひゅっ、と、心臓に冷たい何かが走る。

早足で歩きながら、ごめんなさい、ごめんなさいと、美咲は呪文のように、何度も呟いていた。

二

（あー、今日も雨かぁ。家出るの面倒だなぁ）

茜は窓のカーテンを開けながら、一人で溜息をつく。

昨日の土曜日、橋宮神社を出る際に美咲が予言していた雨は、彼女が帰った一時間後くらいから降り出した。折りたたみ傘を持っていなかった茜は、葉からビニール傘を借り、帰宅することができた。

（晴れていれば、傘を返しに行こうと思ってたのに。この天気じゃ、宇治に行くどころか、スーパーへの買い出しも億劫《おっくう》になっちゃうよ……）

盛大に溜息をつく。

せっかくの休みだというのに雨では、どこへも出かけられない。外出好きの茜は、それだけで憂鬱《ゆううつ》な気分になった。

一応、スマホで確認するも、予報は一日中雨、とのこと。

それでも茜は、何とかやまないものかと、家事をする最中も、ことあるごとに窓の外を窺い見ていた。

と、その時だった。

（止んでる？）

思わずベランダに出る。

確かに雨は止んでいたが、分厚い雲はどこかに行く様子もない。スマホの雨雲レーダーで確認すると、もう十五分もすれば、再び降り出すとのことだった。

（十五分か。微妙だなぁ。自転車ならギリギリ、買い物くらいは行けるかな。で

も、面倒だな）

そう考えあぐねながら、ベランダに顎《あご》をのせる茜の目に、意外な光景が飛び込んできた。

（……美咲？）

そこには、ショルダーバッグを片手に、ヨロヨロとマンションを出る美咲の姿があった。

おぼつかない足取りで、時折電信柱に手をかけ、立ち止まっている。

「美咲？　大丈夫？」

大声で叫ぶと、美咲はハッとした様子でこちらを見上げた。

大丈夫？　ともう一度尋ねる茜に向かって、美咲は口角を上げ、手を振る。そして「ちょっと、買い物行くだけやし」と、何とか聞き取れるくらいの声で答えた。

部屋に戻った茜は、無理して行かなくてもいいのに、と、彼女の行動に首を傾《かし》げた。

偏頭痛持ちの美咲にとって、今日のような日は、一番体調が優れない日であるはずだ。

それなのに、買い物なんて。

美咲は、茜とは違い、日頃からの備えを万全にするタイプだ。今日買い物に行かなかったとしても、さして困ることはないだろうに。

体調も悪そうだった。なのに何で、わざわざ外に？

不審に思った茜は、パーカーをはおり、ドアノブに手をかけた。


ハァハァと息を切らしながら美咲は、京阪《けいはん》の宇治駅で電車を降り、橋宮神社へと向かった。

電車を降りた頃には再び雨が降っていたが、美咲は傘を持っていなかった。普段、同じような状況下では考えられないことだったが、そのくらい、美咲は今、動揺していた。

どうしよう、どうしよう。

誰か、助けて。

ふらつく足が、水溜りを蹴る。撥《は》ねた雫《しずく》は、彼女のレモンイエローのスカートと、通行人のズボンを汚した。舌打ちが耳に入る。美咲は「すいません」と弱々しく呟きながらも、必死に、一歩、また一歩を踏み出していた。冷たい雨は、彼女の長い髪も、細い肩も、小さな鞄《かばん》をも、均等に濡らした。

そうしてボロボロの状態で、橋宮神社の脇戸をくぐった美咲は、そこで一人、しゃがみ込んでしまった。

（どうしよう。来てしもた。こんなところまで……）

来たからには、本殿に声をかけるべきだ。助けを求めるべきだ。

そう頭では分かっているのに、体に力が入らない。立ち上がれない。手はブルブルと震えていた。それは、寒さと偏頭痛のせいだけではない。

「恐れ」と「罪悪感」。

肉体的な疲労と精神的な疲労。全てが入り混じり、胸から迫《せ》り上がってくる。美咲は思わず、口に手を当てる。

（こんなことやから、うちは、いつまで経ってもあかん人間なんや。何とか変わりたいと思って、京都に進学させてもらったのに……）

——俺が居なくて、本当にやっていけるのか？　ま、無理だったらいつでもこっちに帰って来ればいい。お前に勉強なんて必要ないよ。俺に一生、従っていればいいんだから。

彼氏である誠の声がどこからか響く。

（そんなことない。うちも、うちだって……）

雨は、容赦なく美咲の身体に降り注ぐ。頭も重い。が、何とか身体を起こそうと、美咲は地面を摑んだ。

しかし、元々水はけの良くない地なので、泥に足を取られ、美咲はそのまま膝をぬかるみについてしまった。

泥水がじわじわと、美咲のスカートを染める。

情けなくて、情けなくて、視界が涙で滲《にじ》んできた、その時だった。

「そんなところで、何をしている?」

美咲はハッとなって、振り返る。

そこには、紺色の和傘を持ち、美咲を見下ろす葉の姿があった。

「そんなところで、一人で泣いておっても、誰も、気づいてはくれぬぞ」

言葉こそそっけないが、その細めた眼差しは柔らかい。

「宮司さん、うち……うち……」

葉はしゃがみ込み、そっと手を差し伸べる。

「立てるか?　何か思うところがあって参ったのだろう。入れ。話を聞こう」

触れた掌《てのひら》には、薄い温もりがあった。


「こちらに座れ」

美咲は指示された場所に、恐る恐る正座した。

後ろに置かれた円柱形のストーブに、葉はそっと、点火する。濡れた身体を乾かせという意味だろう。

美咲が、橙色《だいだい》の炎をぼんやり眺《なが》めていると、急に上から白い何かが降ってきた。

「バスタオルだ。使え。着替えも必要か？　私の物しかないが」

美咲は何とか「大丈夫です」と答えた。が、声は未だに震えている。

湿った空気が辺りを包む。

古びた木の床からは、田舎《いなか》の祖母宅の匂いがする。美咲はそのまま、黙って髪を拭いた。カチ、カチという振り子時計の音だけが、その薄暗い空間に響いている。

何か言わなければ、と美咲は思った。が、話そうとするものの、喉《のど》の奥に何かが詰まった気がして、思うように言葉が出ない。

「……昨日」

彼は、神棚の前に腰を下ろし、そっと口を開く。

「宇治に来たのは初めて、と言っていたな。本当か？　平等院くらいは、来たことがありそうなものだが」

「……ええ、たぶん、初めて、です」

すると葉は、「敬語でなくてよい」と言いながら、フッと笑みを浮かべた。

「本当に初めてだったか。私はずっと宇治に住んでいるものでな。十円玉に描かれるくらいの名所に、京都に住む人間が来たことがない訳がない、と考えていた。どうやら私は、宇治のことを過大評価していたらしい」

そう言って自然な笑みを浮かべる葉を、美咲はぼぉっと見つめる。

昨日会った時から、端正《たんせい》な顔立ちの人だとは思っていた。だが、始終仏頂面《ぶっちょうづら》だったため、そこまで魅力というものを感じなかった。

しかし、今、目の前で微笑する葉は、まさに麗《うるわ》しき美青年といった風だった。

透き通った色白の肌に、墨のような淡い黒髪。スッと整った切れ長の目に、薄い桜色の唇。

キラキラとした華やかな美しさではない。山辺に湧《わ》き出る冷水のような、静かで清い麗しさが、彼にはある。

茜から、葉が神様の許婚に選ばれた人間であることは聞いていたが、それも納得のいく話である。

そうやって葉の姿に見惚《みと》れていると、不意に、彼の後方からシュ、シューという、蒸気の音が聞こえた。

「やっと、沸《わ》いたか」

葉が、立ちあがる。

何かと思い、眺めていると、彼は間もなくして、急須と湯呑《ゆの》みをのせた盆を持ってきた。

「玉露《ぎょくろ》だ。高級茶だぞ。貰い物だがな」

そうして差し出された湯呑みを、美咲は恐る恐る、受け取る。

「水も加えたから、さほど熱くはないはずだ。すぐに飲める」

コクリとうなずき、そっと、口に含む。出汁《だし》のような、まろやかな甘みが鼻へと抜けた。

「……美味しい」

「良い香りだろう。これを飲むと、心が解《ほど》ける」

葉の言うとおりだった。

先程まで張り詰めていた気持ちが、雪が溶けるように、徐々に柔らかくなっていくのを感じた。

全て茶を飲み干したところで、葉は「さて」と切り出す。

「何用であった？　ずいぶん乱れていたようだが」

瞬間、口を結ぶ。葉の言葉に続こうとしたが、唇が震え、中々言葉にならない。

「話せぬのなら、こちらから当ててやろうか。ここは縁切り神社。こんな雨の中、わざわざここに来る理由は一つだ。縁切りを、望んでいるのだな？」

美咲は、膝に置いた手をキュッと握《にぎ》る。

返事をしていないにもかかわらず、葉は話を進める。

「それは、そなたと、誰かとの縁、か？」

美咲は顔を強張《こわば》らせながら、塞《ふさ》ぐように、唇に手を当てる。葉は、そんな美咲の様子を窺いながら、話を続ける。

「そうだな……、一般的に依頼の多い縁切り相手としては、まずは上司や、同僚」

美咲は、じっと、床に目を落とす。

「家族……友人……」

探るように、ゆっくり言葉が投げかけられる。

「そして、恋人」

思わず唾《つば》を飲み込む。

その瞬間、葉はスッと腰を上げ、美咲の前に立ちはだかった。何事かと目を見開く美咲を、葉はじっと見下ろす。

「暴力でも、受けているのか？」

息を飲み、咄嗟《とっさ》に右の二の腕に触れた美咲。

葉はすぐさま、カーディガンの襟《えり》ぐりを摑み、手首の方向へと引っ張った。

「！」

防ぐ間もなく、美咲の白い二の腕があらわになる。そこには、強く握られたような、青紫色の痣《あざ》があった。

「おかしいと思っておったのだ。濡れたカーディガンをいつまでも着たままで。これを隠すためだろう？……恋人に、やられたのか？」

「ち、違う！　誠さんは、ただ摑んだだけ。ホンマやねん。暴力は、受けてない！」

「では、なぜ、それほどまでに怯《おび》えている？」

思わず口をつぐむ。

「私が『恋人』という言葉を発すると、一瞬、上まぶただけ上がるな。これは、恐怖を感じた際に表れる微表情だ。震え、呼吸の乱れからも、それを察することができる。暴力かどうか聞いたのは単なるハッタリだったのだが、そなたはすぐさま右腕を押さえた。隠したいという気持ちが、咄嗟に動作に現れたのだ。一方で、全てを吐き出したい気持ちもある。言えないことを打ち明けたい人間は、口元を押さえる。私が話を切り出した時の、そなたのように。誰にも、相談できなかったのか？」

その瞬間、堪《こら》えていた思いが、溢《あふ》れ出す。

「だって、悪いのはうちやから……」

消え入りそうな声で、呟く。

「何が、悪いのだ？」

葉は顔を覗き見ながら、静かに尋ねる。

「うち、どんくさいし、人に迷惑かけてばかりやし、全然みんなをまとめられへんし……。それを手伝ってくれたのが、誠さんやって……」

自分でも、内容が全くまとまっていないことは理解していた。しかし葉は、それを否定することなく、美咲の真ん前にしゃがみ込み、静かにうなずく。

葉の真《ま》っ直《す》ぐな目に見つめられた美咲は、唇を震わせながら、恋人について語り出した。

誠は、高校時代の部活の先輩だった。

当時美咲は、クラリネットの経験者だという理由で、吹奏楽部のパートリーダーを任されていた。

しかし、美咲は元来、引っ込み思案な性格で、人と打ち解けることが苦手だった。そんな彼女に、この役割は重すぎた。

時間通りに練習に来ないメンバーたち。

音も揃《そろ》わず、テンポも合わない。

注意しても従ってもらえず、美咲とメンバー間の溝は深まるばかりだった。

リーダーであるにもかかわらず、パートをまとめられない自分への、自責の念に苛《さい》まれる美咲。そんな彼女を救ったのが、当時、部長を務めていた誠であった。

文武両道であることに加え、凛々《りり》しい顔立ちを持つ彼は、校内でも人気があった。そんな誠は、別パートであるが同じクラリネット担当だった。そこで顧問は、美咲のフォローをさせるために、彼を美咲のパートに加わらせた。誠と共にメンバーを指導することで、状況は劇的に改善した。

美咲の隣で、皆に指示を送る誠。彼の堂々とした姿を横目で見ていた美咲は、徐々に、誠に惹《ひ》かれていった。

だからこそ、そんな誠から「俺と付き合わないか?」と告白を受けた時、美咲の心臓は跳《は》ね上がった。

まさか、こんな頼りない自分が、こんなにしっかりものの彼と付き合えるなんて。

不釣り合いだと思ったものの、美咲はその申し出を、二つ返事で了承した。

しかし、付き合った当初から、二人の力関係は明らかに不均衡だった。

しっかりものの誠、お人好しの美咲。

誠は指導と称し、少しずつ、美咲に否定的な言葉を投げかけるようになった。

「こんなことも知らないの?」

「さっさとしろよ、トロいなぁ」

「そんなことで良いと思っているの? 世の中を舐《な》めすぎてない?」

美咲は、それらの指導を受け入れていた。なぜなら、彼の指摘は全て、的を射たものだったからだ。少しでも誠に相応《ふさわ》しい女性になるために、努力すべきだと考えていた。

しかし、時が流れるにつれ、段々と、美咲の心はきしみ始める。

一緒にいる時間が辛くなった。今日は何を言われるのだろうと思うだけで、会うことが憂鬱になった。

そこで美咲は、意を決して誠に、別れを切り出した。自分はやはり、誠にふさわしくないと、そう告げた。が。

「なんだ、他に男でもできたのか」

強い眼光で睨《にら》まれた瞬間、美咲は恐怖で何も言えなくなった。そんな美咲の頭を、誠はそっと、撫《な》でる。

「冗談だよ。ふさわしくない、なんて言うなよ。確かにお前は、間抜けで、ドジで、頭が足りないところがあるけれど、俺の指摘のおかげで、ちょっとずつ改善してきている。今、逃げ出したら、お前は駄目な女のままだ。俺は、そんなお前を、マトモな女にしてやりたいんだ。だから、一緒に、頑張ろう」

そう言って微笑まれた瞬間、美咲は何だか、自分自身が分からなくなった。

そうだった。誠は、私のために指導してくれているのだ。こんな私を見捨てず、一緒に頑張ろうって言ってくれるなんて、なんて良い人なのだろう。

誠と別れるべきではない。そう強く思った。

一方で、息苦しい日々は続いた。仕方ないとはいえ、毎日毎日、誠に叱責され続ける日々に、心は疲弊《ひへい》した。

「誠と離れたい」という気持ちと、「誠に従いつづけるべき」という気持ち。その相反する感情を併存させる方法が、今回の「京都への進学」であった。

「地元でぬるま湯に浸かってたら、うち、誠さんに頼ってしまって、中々大人になれん気がするねん。一度、一人で頑張ってみたい。誠さんに釣り合う、立派な女性になって帰ってくるから。だからそれまで、待っててくれへん？」

その言葉は、本音でもあり、誠と離れるための方便でもあった。

そう告げた時、誠は最初、怪訝《けげん》な顔をした。

しかし、「俺にふさわしい女になれ」と普段から言い続けてきたのは誠だ。そのために地元を離れたいと言われれば、了承せざるを得なかったのだろう。誠は、渋々といった様子で、美咲の意見を認めた。だが、事細かにルールを定めた。

夜は九時までに自宅に帰ること。毎晩電話をすること。夕飯は毎日自炊し、それを写真で取り、ＳＮＳで送ること。自分がかけた電話には、必ず三コール以内で出ること。男友達は作らないこと。

それらを破った場合には、浮気をしたとみなし、何らかの制裁を加える、と誠は言った。美咲はそれに、同意した。

こうして美咲は、京都にやってきた。

誠なしで生活していけるのか、初めは不安だった。しかし、時間が経つにつれ、美咲は気づき始めた。

私は、思ったより「駄目」ではないのではないか？

美咲は、遅刻や欠席をしたことがなかった。

スマホの充電器や折りたたみ傘、文具等も常に携帯していたため、人に貸すことで、感謝されることも多かった。

料理を友達に振る舞い、喜ばれることもあった。

いつしか美咲は周りから「しっかり者」と見なされるようになり、美咲自身も、笑顔でいることが増えていた。

地元にいた時よりも、毎日が楽しいと思えた。

しかし、今の生活を謳歌《おうか》すればするほど、誠の機嫌は悪くなるようだった。

最初、彼からの電話は日中にはかかってこなかった。だが、最近では、明らかに授業中だと推測できる時間帯にもかかってきた。

また、会話の際も、叱責や罵倒《ばとう》の言葉が増えた。

そして、昨日、美咲は誠からの電話に三コール以内で出られなかった。昨晩はそのことで四時間以上罵《ののし》られた。

そして言われた。

「来週末、そっちに行くからな。躾《しつけ》をし直してやる」

美咲は全てを話し終えると、嗚咽《おえつ》を漏らしながら、葉に尋ねる。

「宮司さん……。うち、どうしたらええと思う？　誠さんは、ホンマにすごい人やねん。大学もええとこ行かはったし、成績もすごい良いし。うちには、勿体《もったい》ないくらいの人やねん。そんな彼の言うことが、間違ってるはずない。彼が私のためを思って叱ってくれてることも分かってる。でも、しんどいねん。着信あるたびに、心臓が握りつぶされるみたいな、痛みが走って。うちは、どうすれば……」

涙がポタポタと床に滴《したた》る。

スカートを握る指に、生暖かい何かが触れた。ふと見るとそれは、紫の舌だった。いつからいたのか、紫は美咲をじっと見上げていた。そして慰めるように、体をこすりつけた。

「紫ちゃん……」

葉が、俯く美咲をそっと覗き込む。

「どうすれば、よいか。尋ねてはいるが、そなた、本当はもう、答えに気づいているのだろう？　だから、取り乱しながらも、ここまでたどり着いたのだろう？」

そう言って、葉は再び、立ち上がる。

「よく、全てを話してくれたな。礼を言う。さぞ辛かっただろう。案ずるな。私が一度、そなたらを視《み》る。解決の糸口を、共に探ろう。必要とあらば、縁も切る」

その言葉に、美咲はまたもや、目を潤ませる。

「しかし、人任せではいけない。こちらが縁を切ろうとしても、その縁や情念があまりにも深ければ、刃がたたないこともある。そなたも、そなた自身での解決策を模索しろ。わかったな」

美咲は、弱々しくも、首を縦に振る。

「そやつが来るのは、来週末、か。それまでに、算段を整えておく」

葉はそう言い終えると、障子戸を少し開け、外に目をやる。そして美咲の方に振り返る。

「また、こちらから連絡しよう。今、雨が止んでおる。一旦は、帰れ」

美咲は、ぎゅっと口元を結ぶと、コクリとうなずいた。

美咲を外まで見送った後、葉は静かに、口を開く。

「茜、隠れておるのだろう。出てこい」

「え、何でわかったの⁉」

甲高《かんだか》い声を上げながら、茜が賽銭箱《さいせんばこ》横の蘇鉄《そてつ》の後ろから出てきた。

「なぜって……、先の娘が話している間、ずっと障子に影があった。そなた、いつも引き戸を開ける前に、膝立ちで、中の様子を窺っているだろう。影の形で、そなたかどうか分かるようになった」

「へー、さすがは宮司さん！」

茜が感心したような声を上げる。そのまま、勝手に部屋へと上がり込んできた。

「マンションを出る美咲の姿を見たの。その様子がなんか尋常じゃないっていうか、すごい、変でさ。後を付けてみたんだ」

その声は、いつになく低く、覇気《はき》がない。

「そしたら、さっきの話が出てきてさ。びっくりした。美咲、いつもにこにこしてて、全然、そんな素振りなかったから」

気づいてあげられなかった。そう言って茜は目線を下げる。

「そなたの前で笑顔でいたのは、楽しかったからであろう。そなたは、細かいことを察知できる方ではない。気がつかぬのも、無理はない」

「宮司さん……何気なく私の事、バカにしてるでしょ？」

そう言いながら茜は、腕を組み、眉間《みけん》の皺《しわ》を一層深くした。

「それにしても、宮司さん、美咲の彼氏、酷《ひど》くない？　モラハラだよ、モラハラ。本当に最低。それでも美咲は、そんなクズを庇《かば》って、私が悪い、悪いって……、明らかに悪いの、彼氏じゃん、ねぇ？」

「あの娘は、一種の洗脳を受けておるな。DVや虐待の被害者がよく言うセリフだ。加害者は、お前が悪いと相手に言い聞かせ、被害者の心の自由を奪う」

「それでいくとさ、さっきの痣も、本当は暴力の痕《あと》なんじゃない？　摑まれただけって美咲は言ってたけど」

葉は軽く鼻を鳴らす。

「それはどうだろうな。虐待にも『流行《はや》り』があり、最近は、痕の残らない方法が好まれる。第三者に気づかれにくいからだ。男は切れ者だと、あの娘は言っていた。そうであれば、あんなハッキリ痕が残る方法は取らないだろう。診断書でも取られれば事だしな。だから故意ではないと考えるが」

それゆえに警察ではなく、縁切り神社に来たのだろう、と葉は続けた。

茜がぐっと拳《こぶし》を握る。

「頭の良さを、そんなところで使うなんて、本当に最低。宮司さん、さっさと縁を切ろうよ！」

「それは、まだだ。ちゃんと、この目で確認せんとな」

「なんで⁉」

茜が身を乗り出す。

「あの話だけでも、彼氏がヤバいやつなのは明白じゃない！」

「確かに、あの娘の言い分には信憑性《しんぴょうせい》がある。が、切るにはやはり、男の様子も見てみる必要がある。一方の言い分だけを聞いていては、真実を見誤る可能性があるからな」

「美咲が嘘をついているってこと？」

葉は首を横に振る。

「そうではない。あの話は、あの娘にとっては真実なのだろう。しかし、相手には相手側の真実がある。二つを照らし合わせてからでも、遅くはない。それに、一番良いのは、橋姫様の力を借りることなく、娘自らが関係を清算することだ。それが無理だと分かれば、私が手を下す」

「……なるほど。でも二人の関係性なんて、どうやって確認するの？」

茜の疑問に、葉は瞬間、押し黙る。

「ひょっとして、何も考えてなかったの？」と顔を覗き込む彼女に、葉は平静を装いながらコホンとため息をつく。

「そ、それは今からだな……」

すると茜は、ポンと手を打ち、「あ、じゃあこれは⁉」と声を上げる。

「一芝居打つのはどう？　私と宮司さんで。これならきっと、怪しまれずに。二人の関係を探れると思う！」

「芝居……？」

葉は眉を軽く寄せた。

三

「あれぇ～！　美咲！　こんなところで会うなんて、偶然だねぇ！」

三室戸寺《みむろとじ》の門の前で、茜は大声で叫んだ。

（……わざとらしすぎる）

白シャツに紺のパンツ姿の葉は、思わず眉をひそめた。

「そっちにいるのは、もしかして、例の彼氏さん？」

すると、美咲の横に立つ短髪の青年が、笑顔で会釈《えしゃく》した。

「初めまして。美咲の彼氏の、大野誠です。美咲のお知り合い、ですか？」

茜が「はい」と返事をすると、誠は「いつも美咲がお世話になっております」と頭を下げた。

「いやいや、お世話だなんて。こっちが世話をされてるんですよ、いつも！」

いちいち芝居がかった口調で話すことが気になったが、今はもっと集中すべきことがある。葉はじっと誠を見つめた。

誠の第一印象は、爽やかなスポーツマンといったところだ。

健康的な肌色に、彫りが深めの顔。身体は引き締まっており、背筋も伸びている。女性が思わず頼りたくなるような、堂々とした風格が、彼にはあった。

しかし、一方で、着用している襟付きシャツには、パイナップルの刺繍《ししゅう》が施されている。七万ほどする高級ブランドのものだ。靴もロゴが目立つブランド品で、スニーカーは、プレミアのついている限定品だ。

(ブランド品で身を固めるのは、自信のなさを示す者の特徴、か)

葉は、鼻を鳴らす。

「彼女は、大学の友達？」

誠に問われ、美咲は慌てて口を開く。

「あっ、こ、こちらは豊島《とよしま》茜ちゃん。マンションで、隣の部屋に住んでいる同級生。そしてこっちは……」

すぐさま葉が、続ける。

「私は、この近くに住んでいる、橋宮葉という者です。茜とは遠縁で、今日は紫陽花《あじさい》が見たいという彼女を、こちらの寺に案内しに参ったのです」

そう言って、よそ行き用の笑顔を浮かべる。

「なるほど、ご親戚同士だったんですね。てっきり、俺たちと同じく恋人同士なのかと」

「そんな関係ではありません、断じて」

からかうような誠の言葉を、葉は間髪容《かんはつい》れず否定する。

（……余計なことを言う男だ）

葉は心の中で舌打ちをする。

先日、茜と立てた作戦はこうだ。

まずは美咲が、誠を三室戸寺に誘い出す。紫陽花寺とも呼ばれるこの寺は、六月になると大勢の参拝客で賑わう。

そこに偶然を装い、茜と葉が現れる。茜は、皆で寺を周ることを提案し、美咲がそれに乗る。寺を巡《めぐ》る間に、葉が二人に探りを入れ、縁切りをするかどうか判断する、というものだった。

本当であれば、美咲が誠を橋宮神社に連れてくるのが一番手っ取り早い方法だった。が、橋宮神社はなにぶん、縁切り神社だ。誠は、電話に出ることに遅れただけで、浮気を疑うような男。久しぶりに会って早々、縁切り神社に行こう、などと美咲が言えば、彼の神経を逆なでする。

だからこうして、六月の名所として名高い三室戸寺が、探りを入れる場所に選ばれたのだ。

美咲には、作戦内容も、それに茜が一枚嚙《か》むことも、事前に知らせていたので、そちらは問題がなかった。

問題があったのは、葉の側である。

葉は元来、橋姫の許婚だ。見ようによっては「ダブルデート」とも取られかねないこの状況に、彼は気を揉《も》んでいた。

「ねぇ！　ここで会えたのも何かの縁だし、お寺を一緒に回らない？　葉くんはこの辺に住んでるから詳しいの！」

ねっ、葉くん？　と言いながら、茜は葉を覗き込む。

親戚という設定上仕方がないとは言え、同世代の女子に「葉くん」などと呼ばれたことのない葉は、初めて耳にする自らの呼び名に、心地の悪さを抱く。しかし、それを表には出すまいと、口角を上げ、うなずいた。

「いいの？　それじゃあ、誠さん、お言葉に甘えて一緒に」

美咲が言いかけたところで、誠が瞬間、真顔で美咲を睨む。それはそうだろう。久しぶりのデートを、邪魔されたくないのだ。

美咲は思わず言葉を引っ込めかける。

だが、ここで同行できなくては、この計画を立てた意味がない。葉は咳払いをし、口を開く。

「この寺は、門はこぢんまりとしておりますが、中が広いのです。一緒に回った方が効率的かと思います。混んでおりますし、よろしければ、ぜひ」

そう言って笑顔を見せると、茜も「ぜひぜひ！」と付け加える。

誠は困ったように眉尻を下げながら、「そこまで言ってくださるのでしたら」と折れた。しかし、顔を背《そむ》けた一瞬、彼の鼻の中心に皺が寄るのが分かった。

「この寺には、様々な『ご利益《りやく》のある地点』が存在します。まずはこれ」

涼しい顔で話すものの、葉の息はいささか切れていた。

彼は普段、街を歩き回ったりはしない。山門から続く坂道に加え、急な勾配の長い階段に、息が上がってしまったのだ。

「これは狛蛇《こまへび》。宇賀神《うがじん》の石像です」

そう言って示したのは、顔が老人、首から下は蛇の姿をした神が、とぐろを巻いて鎮座している像だった。

「なにこれ、妖怪⁉」

同じ距離を歩いてきたはずの茜には、全くバテた素振りはない。彼女は顔を引きつらせながら、おそるおそる、石像に歩み寄る。

「三室戸寺は、蛇に所縁《しょえん》があります。昔、この寺の観音《かんのん》様を信仰している娘が、カニを助けました。その後、娘の父がある蛇に、娘を嫁にやると言ってしまったのです。娘は怯え、部屋に閉じこもっていました。しかし、蛇は力ずくで攫《さら》おうと、部屋を破ります。そこに突如として現れたのは、大量のカニ。カニは蛇に応戦し、それを追い払ったのです。娘は優しい心を持っていたので、安堵と同時に、蛇を哀《あわ》れにも思いました。そして、蛇を供養《くよう》するために、蛇の身体を持つ宇賀神を奉納した、と言われています」

「へー。だから、ここにいるのはカニじゃなくて、蛇なんだね」

茜は小刻みにうなずく。

「この蛇の尾には金運、老人の髭《ひげ》には健康長寿のご利益があるらしいのです。触って、損はないでしょう」

茜は目を輝かせて、ペタペタと何度もそれらを撫でた。一人で楽しそうな茜を眺めつつ、葉はチラリと美咲を盗み見た。彼女の表情は、固い。

葉は短く息を吐くと、歩みを進めた。

「次に紹介したいのは、これ。勝運祈願の宝勝牛です。百姓《ひゃくしょう》の飼っていた弱々しい子牛が、観音様のご利益で立派な牛になり、闘牛に出したところ勝利。賞金を手にし裕福になったという故事から作られました」

そう言いながら葉は、牛をかたどった石像の前で止まる。

「確かに、何か強そうな牛だね。その観音様っていうのが、このお寺にいるの？」

茜が興味深々といった感じで、石像をじろじろと見つめた。

「あぁ。百姓は、病弱な子牛を心配し、毎月それを連れてこの寺の観音詣に来ていたのだ。牛が咥《くわ》えている玉に触れると、勝運に恵まれるらしい」

「そうなんだ～」と言いながら、茜は両手で玉を触る。美咲も茜に無理やり手を引かれ、玉を撫でた。

そんな二人の姿を、誠は腕を組み、目を細め見つめている。片方の口角こそ緩く上がっているが、人差し指は絶えずトントンと腕を叩いていた。

(まださほど時間も経っておらぬのに……かなり苛立《いらだ》っておるな)

葉はその様子を頭の隅に置き、身を返した。

「次はこちら、狛兎《こまうさぎ》です」

「わ、可愛い！」

茜は兎の石像を前に、パチンと手を叩く。

「菟道稚郎子《うじのわきいらつこ》という天皇の皇子が日本書紀に出てきます。その者が宇治を訪れた際、案内をしたのがこの兎だと言われています。それにあやかり、この寺では狛犬ではなく狛兎が、牛と対面しながら寺を守っているのです」

「へ〜。つるつるやな」

茜のペースにのせられたのか、少し表情の和《やわ》らいだ美咲が、兎の腿《もも》を撫でる。

葉は、美咲とは面識のない体《てい》で、あえて敬語で話しかける。

「兎が球体を持っているでしょう？　その球の穴に手を入れてみてください。卵型の石があります。それを立てることができれば、願いが叶うと言われています」

「うちの、願い……」

美咲がその場で口ごもると、誠が彼女の後ろから、そっと手を取る。

「美咲。一緒に立てよう。俺たちの仲が、ずっとずっと続きますように、って」

「う、うん、そやね」

美咲は一瞬、唇をこわばらせたが、すぐにはにかんだ。誠に対して怯えていることは、やはり明らかだ。

その後四人は、本堂に参拝した。

「あっちに鐘楼《しょうろう》があるよ！　鐘《かね》をついてみよう。道狭《せま》いし、ここはお二人さんからっ」

　そう言いながら茜は、二人の背中を後ろからポンポンと叩く。前に出された二人は、そのまま手をつなぎ、歩き出した。

　その後ろに、茜と葉が続く。

「どう？　宮司さん。あの彼氏。一見、ニコニコご機嫌な感じだけど」

　茜が前を見据《みす》えたまま、そっと葉に顔を寄せる。

「……確かに笑顔だが、表情筋が動くのはいつも、片側のみだったり、口元のみだったりする。本当に嬉しい時は、顔全体が動くものだ。作っているのだ。笑顔を」

「つまり、愛想笑いなのね」

「と、いうか、本心を隠そうとしている。二人のデートを我々に邪魔され、不満を募《つの》らせているのだろう」

「私達だって、好き好んで邪魔してるわけじゃないのにね。宮司さん、そろそろ縁を切っちゃえば？」

　茜は一応、手を当て小声で言っているものの、興奮の色が交じっている。

「まだだ。楽しみにしていた逢引きの場に、突然他人が割り込んできたら、誰だっていささか不機嫌にはなる。もう少し探りを入れる」

　茜は不服そうではあるものの、静かにうなずいた。そして、鐘を打つための列に並ぶ二人めがけて駆けていった。

葉が追いついた時、茜は果敢《かかん》に二人に話しかけているところだった。

「本堂の鐘つきなんて、いつぶりだろう？　美咲はやったことある？」

「うん、去年の大晦日《おおみそか》に」

「二人で初詣《はつもうで》に行ったんです」

そう言って、誠は美咲の肩を持ち、自分の方へ寄せる。

「大晦日もお正月も一緒？　うわあ！　ラブラブですねぇ！　羨《うらや》ましい！」

茜の大げさな反応に対し、美咲は「そんな……」と、ぎこちない笑みで答える。

「誠さんは、本当に運がいいですね！　美咲みたいな素敵な女の子を彼女にできて。私がお嫁にもらいたいくらいなのに！」

「そうですか？」と、誠の眉が、一瞬ピクリと動く。

「ええ。私達のマンション、女子専用なんですけど、美咲って、マンションの子たちの間で大人気なんです。しっかりものだし、おしとやかだし、料理上手だし……とにかく何でもできちゃうんです。マンションの皆が、美咲に憧《あこが》れてるんですよ！」

「人気者、ですか」

誠が口を開ける。

葉は、彼が「最愛の彼女」を褒められてどういう反応をするのかと、注視した。

普通は喜ぶところだが、誠はその瞬間、眉をひそめた。そしてすぐ、取り繕《つくろ》うように笑顔を浮かべる。が、ほうれい線は、逆Uの字の形を描いている。

（嫌悪、か）

誠は、美咲が褒められたことに対し、嫌悪の表情を見せたのだ。

（これは、根が深そうだな）

葉は口を結ぶ。

「そんな、憧れなんて、言い過ぎやて、茜ちゃん！」

美咲は顔を赤らめながら否定する。誠は「そうですよ」と苦笑いしながら言う。

「彼女、どんくさい一面があるんですよ。そのせいで、高校時代は結構苦労していて……。俺もフォローするのが大変でした」

そう言って、誠は茜の誉《ほ》め言葉を否定するように、胸の前で手を振る。

（真実を語る時、人は身振りが交じる。恋人を褒められ、ただ謙遜《けんそん》しているだけのようにも見えるが、こやつは、違うな。本気で、娘のことを見下している）

そうこうしている間に、鐘をつく順番が来る。それを終えた葉たちは、今回の名目でもある、あじさい園へと向かった。

「あじさい園の中に、お茶屋があって、そこであじさいパフェっていうのが食べられるらしいの。これ見て！」
茜がスマホを皆に見せる。そこには、色とりどりの白玉の上に、水色の琥珀《こはく》糖が
のったパフェが写っていた。
「うわぁ、綺麗やなぁ」
「でしょ？　この水色のが、紫陽花の花びらの形をしてるの！　宝石みたいで、キ
ラキラ」
盛り上がる二人に、
「それは、花びらではなく、紫陽花の『がく』だよ。花本体は、真ん中にあるつぶ
つぶのような部分だ」
と、誠が水を差す。
「そうなんですね！　知らなかった！」
感心したような声を上げる茜に、誠は笑顔を見せながらも、片方の口角だけピク
リと上げる。
（軽蔑、か。こやつ、やはり、良い性格をしておる……）
そんな皮肉を心に浮かべながらも葉は、三人を先導すべく前に立った。
本堂は山の上にあり、行きは急階段を登る形でそこまでたどり着いた。だが、帰
りは、両脇を紫陽花で囲まれた小道をのんびり下るだけですむ。なので、普段身体

を動かさない葉にも、景色を楽しむ余裕があった、紫陽花はちょうど満開で、青、紫、赤紫といった色とりどりの花々が、瑞々《みずみず》しく咲き誇っている。

美咲と誠に変な動きも見られないため、葉はそっと、小道の両脇に咲き誇る紫陽花に目をやる。

葉は紫陽花は好きだった。雨に濡れても花弁をすぼめることなく、逆に雫を装飾品のように使い、輝く姿に、凛《りん》とした強さを感じる。

宇治に住むものの、この時期に三室戸寺を訪れることはあまりなかった葉は、目的を忘れ、感嘆の息を吐いた。

ふと、以前見た富士の山が頭をよぎる。

これまでは断絶されていると思っていた、外の世界。その美しさに、少しずつ心が傾いていることを、葉は自覚せざるを得なかった。

「あったよ、茶屋！」

茜の声に、我に返る。

彼女は真っ先に店に入ると、勝手に四人分のパフェを注文していた。

「あ、俺はいいですよ。甘い物苦手なんで」

誠がそう言うと、茜は慌てて店員にオーダーを取り消す。

やがて、「あじさいパフェ」が運ばれてきた。

ぷるぷるとした食感の白玉や琥珀糖に、葉も舌鼓《したつづみ》を打つ最中、美咲が「ちょっと」と会釈して席を立った。

手洗いだろうと思っていると、なぜか誠もその後を追うように立ち上がる。

「誠さん、一時も美咲と離れたくないんだね」

白いクリームを口に含みながら、茜が呟く。

「少し、行ってくる」

不審に思った葉は、パフェのグラスを縁台に置き、腰を上げる。

「宮司さんも⁉」という茜の言葉を無視して、葉はそっと、二人の後をつけた。

「どういうことだ？　一体」

手洗いから出てきた美咲に、誠が声をかけている。トイレの前で待ち構えていたらしい。その冷徹な声は、先程とは全く違う、低く、身体の芯に響くものだった。

葉は木の陰に身を潜め、そっと二人を窺い見る。

「早くあの二人を撒《ま》け。ゆっくり話もできないじゃないか」

「で、でも、二人は好意で案内を」

「俺に指図する気か？」

美咲の肩が、ピクリと跳ねる。誠は苛立ちを隠しきれない様子で、口を開く。

「さっきの男とは、前からの知り合いか？」

その質問に、美咲は必死に首を振る。

「違う、違うよ。今日初めて会ったんよ。宮司さんとは、何の関係も」

「あいつ、宮司なのか？　何で知っているんだ？」

焦《あせ》って墓穴を掘った美咲が口をつぐむ。そんな彼女の二の腕を掴み、誠は続ける。

「そもそも、会って初日に、紫陽花を見に行こうだなんて、何だ？　紫陽花の花言葉を知っているか？　『移り気』『浮気』だ」

いくらなんでも考えすぎだ、と葉は思ったが、当の美咲は否定するどころか、俯き、下げた腕をもう片方の手でしっかり握っている。

人は、不安な時に自分自身の身体に触れる。美咲は、恐怖にすくむ自らをなだめようとしているのだ。

そっと、目を閉じ、瞳に神経を集中させる。

（透糸眼《とうしがん》、開眼……）

双眸《そうぼう》に朱を宿らせ、葉はそっと、目を開く。

（これは……）

そこには、誠と美咲を繋ぐ「縁」が見て取れた。

誠の手首から出た縄状のそれは、美咲を縛り付けるかのように、彼女の全身に何重も巻き付いていた。その尋常じゃない縁の形に、思わず寒気が走る。

（まるで、蛇だな。今にも絞め殺されそうだ。奴の言動からみても、これは、やはり切るべき、か……）

葉は急ぎ茶屋へと戻り、茜に唐突に告げた。

「切る決心がついた。私は入口に預けていた断絆刀《だんはんとう》を取ってくる。そなたは二人をここに留めておいてくれ」

「え、あ、うん、わかった」

茜は突然のことに目を見開きながらも、強くうなずいた。

断絆刀は小太刀《こだち》で、おおよそ二尺（六十センチ）ほどの長さがある。

前回のようにボストンバッグでもあれば入るのだが、今回、地元に住む葉がそんな大荷物で現れるのは不自然だ。コートでもあれば内側に隠せるが、六月なのでそれもできない。なので仕方なく、入口の寺務所に預けておいたのだ。

刀の入った巾着を受け取った葉は、茶屋へと急いだ。しかし。

「宮司さん大変！　美咲たち、先に帰っちゃったみたい」

「なんだと？」

驚く葉に、茜がスマホのメッセージを見せる。

――急に頭痛が来て、誠さんと先に、マンションに帰ることにしました。突然帰っちゃってごめんね。パフェのお金は、今度返すね。それじゃあ、また学校で――

「ここに、寄りもせずに帰ったのか？」

「うん。待っても待っても来ないから、おかしいなと思ってたらメッセージ入ってて……。宮司さんは途中で会わなかったの？」

「ここは、入口の門以外にも、出口専用通路がある。おそらくそこから出たのだろう。まずいな」

葉は唇を嚙む。

先程の緊迫した状況をみても、今、美咲と誠が部屋で二人きりになるのは問題だ。

「今すぐ追うぞ」

葉はすぐさま、踵を返した。

四

部屋の鍵を開けた瞬間、美咲は誠に部屋の中に押し込まれた。

靴を履いたまま、美咲は思わず倒れそうになるも、何とか壁に手をつき、堪える。

「だから俺は、遠距離恋愛が嫌だったんだよ」

後ろ手でドアをロックした後、誠は靴を脱ぎ捨て、美咲の肩を摑む。

「俺から離れた途端、こんな風になっちまって……。やっぱり女は、目の行き届くところで管理しないと駄目なんだ」

そう言って、下から覗き込むように、美咲の顔を見る。

「こ、こんな風って？」

震える声で尋ねると、「あぁ⁉」と誠は怒号を上げる。八畳ほどの1Kマンションなので、部屋中にピリピリと音が響いた。

「お前さ、ちょっと同級生に褒められたからって、調子づいてんじゃねーよ。浮かれやがって、俺に意見するまでになって。お前は、俺がいないと、なんにもできないダメ人間なんだよ。忘れたのか？」

美咲は、血の気が引いていくのを感じた。誠の顔を見ながらも、一歩ずつ、廊下から部屋へと後ずさる。

誠から、暴力を受けたことはない。けれど、この状況下では、何が起こるかわからない。すぐにでも、部屋から逃げ出したかった。が、ドアは誠に塞がれている。

「俺はな、お前の従順なところが好きだったんだよ。京都に行くって言い出した時、本当は反対だったが、従順なお前なら、信じてもいいと思って許可したんだ。なのになんだよ、このザマは。信頼を裏切る気か」

誠がドンと壁を打つ。

美咲は涙を浮かべながら、口を結ぶ。

怖い、怖い。怖くてたまらない。

今までのように、すぐに謝ってしまおうか。そうすれば、少しは誠の怒りを収められるかもしれない。土下座でもして、反省の色を示せば、許されるかもしれない。

でも、と美咲は思う。

あの日、傘すら持たずに橋宮神社に訪れた、あの時の気持ちは、本物だった。誠が京都に来ると言った時に感じた恐怖、それが美咲を突き動かしたのだ。

そう、あれは恐怖以外の何物でもなかった。愛する人に会う時の感情としては、不相応極まりない。

そこでやっと、気がついた。私はもう、彼を愛していないのだ、と。

誠の言うことが正しいとか、誠の言うことを聞くべき、とか、そういう、問題ではない。単純に、自分は、彼のことがもう、好きではないのだ。離れたいのだ。

だけど、直接別れを切り出すことが怖かった。だから、誠を「できた人」と思い込むことで、別れるべきではないと、自らに言い聞かせてきたのだ。

——人任せではいけない。こちらが縁を切ろうとしても、その縁や情念があまりにも深ければ、刃がたたないこともある。そなたも、そなた自身での解決策を模索しろ。

あの日の葉の言葉が、頭をよぎる。

自分から、向き合わなければ。美咲は背筋を伸ばし、立ち上がった。

「ち、調子に乗ってるとか、ダメ人間とか、そんなこと、誠さんに言われる筋合いはない。うち、わかってたん。自分が、誠さんがいなくてもやっていけるってこと。離れてみて、よう分かった。誠さんがおらんでも、友達も出来たし、自炊もできるし、お金の管理も、色んな手続きだってできる。やのに誠さんは、ずっと私を罵ったり、見下したりばっかりやん。そんなん、対等な人間関係とちゃう」

そして小さく息を吸うと、彼の目を見据え、言った。

「誠さん、うち、あんたと、別れたい」

そこまで言った瞬間、誠は大きくまぶたを上げる。

そしてわなわなと唇を震わせ、「ふざけんなぁ！」と叫んだ。

「こっちが何もしねーと思って、偉そうになに抜かしてんだよ、てめぇ！」

誠がドンと壁を叩く。美咲は小さく「ひっ」と声を上げた。

「やっぱ、あの言葉は間違ってねーか？『女は殴って躾けろ』ってな。今までは大目《おおめ》に見てやってたが、そろそろこっちも限界だよ」

そう言いながら、誠が美咲の胸倉に手を伸ばした時だった。

ピンポーン、とインターホンの音がこだまする。

誠は一瞬、玄関の方を振り返る。その隙を突き、美咲は誠の横をすり抜け、玄関へとよろめきながらも駆けた。

誠がすぐさま後を追う。そして美咲を、ドアノブから引き剝がす。

「てめぇ！　何する気だ⁉　逃げようったって、そうは」

「そなたこそ、何をする気だ？」

玄関ドアが開き、光が差し込む。

「宮司さん！」

床に腰をついていた美咲が思わず叫んだ。

外からの光を背に、そこには葉が立っていた。目を細め、じっと美咲を見下ろしている。

「鍵を開けに来たのだな。よくやった。ここから先は、まかせろ」

そう言って葉は、目線を美咲から誠に移した。葉の右手には、小さな太刀が光っている。

「な、なんだよ、あんた。そんなもん持って、物騒な」

それに気がついた誠は、待てと言わんばかりに、両手を胸の前につき出す。

「物騒なのは、そなたであろう。怒鳴《どな》り声が外まで響いておったぞ。そなた、美咲に手を上げようとしておったな」

慌てふためいたのもつかの間、葉が彼女の名を呼んだからなのか、誠は急に語気を強める。

「なんだ、人の女を呼び捨てにしやがって」

「人の女？　そなたは恋人を、自身の所有物だとでも思っているのか。そんなことだから、愛想をつかされるのだろう」

呆《あき》れた声で呟く葉は、刀を持ち、一歩、また一歩と誠に歩み寄る。葉が兇器《きょうき》を持っていることを思い出したのか、誠はまたもや、態度を翻《ひるがえ》す。

「ちょ、ちょっと。何する気だよ。不法侵入と銃刀法違反で、警察に通報するぞ」

顔を青くし、足を絡ませながら、部屋へと逃げる。

「ここは美咲の部屋だ。不法侵入かどうかは彼女が判断する。それに登録証があるゆえ、帯刀は許可されている。職業柄、警察とも懇意だ。何一つ、問題はない」

「しょ、職業柄？　警察と懇意？　あんた、ただの宮司じゃないのか」

歯を食いしばりながら睨む誠に、葉は口を開く。

「ただの宮司、ではない。縁切り神社の宮司、だ」

「縁切り神社？　んだよ、そんなもん」

そう言いながら誠は、急に、デスクの上にあった読書灯を手に持ち、葉に殴りかかった。おそらく、小柄な葉になら勝てるかも、と思ったのだろう。

が、彼は瞬時にそれを、太刀の峰《みね》で受け止める。

体格差から鍔迫《つばぜ》り合いは葉に不利だと思われた。しかし、彼は瞬間、刀を引き、誠の背後に回る。そして勢い余って前のめった誠の腰めがけて、肘《ひじ》打ちをした。

「ぐっ」

誠が床へと倒れ込む。葉は仁王《におう》立ちの状態で、そんな彼を見下ろした。

「なめるな。こう見えて、様々な修羅場をくぐっている」

そう言った葉の瞳は、いつの間にか朱色に輝いていた。

（何？　その目……）

横で見ていた美咲は、思わず両手で口を塞ぐ。

後から入ってきていた茜もその光景に気がついたのか、美咲の横で小さく声を上げる。

誠は、葉の瞳の異様さに驚きつつも、体勢を立て直すため、床に手をつき立ち上がろうとしていた。しかし、腕が震えて体を支えることができない。

「や、やめてくれ、殺さないでくれ」

上擦《うわず》った声で叫ぶ誠に、葉は短いため息をつく。そしてゆっくりと、持っていた太刀を振りかぶる。

「そんな物騒な真似《まね》はせぬよ。ただ、縁を切るだけだ。お前と美咲との、縁を」

目を細め、そう言った瞬間、葉は一刀両断するように、直刃《すぐは》をはらった。

美咲には、葉が何を切ったのかは見えない。しかし、その時、美咲の瞳は確かに、糸くずのような物が空気中に飛び散るのを捉えた。

(これが……縁?)

塵《ちり》となって舞うそれを放心しながら見つめていると、ふと、一片の屑《くず》が、美咲の肩にとまる。その刹那《せつな》、いくつかの光景が、美咲の脳裏に直接、流れ込んできた。

徒競走で二位になり、一位でなかったと罵られ、泣く幼い少年の姿。

「全科目満点ではなかったから、夕食はなし」と言われ、深夜こっそり冷蔵庫を漁《あさ》る男子の姿。

大学合格を伝え、「私達の育て方がよかったからね」と抱きしめられる、青年の姿。

そして、一人で泣いているセーラー服姿の美咲に対し「俺が何とかしてやる」と呟く、あの時の誠の姿。

（これは、誠さんの記憶……？）

それは、まるでスライドショーのように、一枚一枚、美咲の脳裏に映っては消えていく。

（彼は、愛することとは、こういうことやと、本気で思ってたってこと？）

葉が、そっと眉を寄せる。

「そなたにも、こうなってしまった理由が、あったのだろう。それには同情する。が、もういい大人だ。それが本物の『愛』であるのかどうか、ちゃんと向き合うべきだったのではないか？」

葉がそう言った直後、急に美咲の体が、ふと軽くなった。何かが解かれたような、憑《つ》き物が取れたような心地だった。

美咲は軽くなった身体を持て余し、思わず床にへたり込む。

誠は、目をつぶりガクガク震えていたが、そっと瞼《まぶた》を開け、「なんだ、何も起こらないじゃないか」と半笑いで呟く。

「お前、調子に乗りやがって。よくもビビらせてくれたな、ただじゃ」

そこまで言って立ち上がった瞬間、誠は急に「ぐっ」と言いながら頭を抱え込む。呼吸は荒く、額《ひたい》には汗がジワリとにじんでいる。

「なんだ、これっ」

誠は口を歪《ゆが》めたまま、床にしゃがみ込んだ。

「気分が悪いのだろう。当然だ。お前は今、『縁もゆかりもないところ』にいるのだから」

「は、一体どういう」

言いかけて誠は、口を押さえる。えずいているようだ。

「袖《そで》触れ合うも、多生《たしょう》の縁、と言うだろう。それは人同士だけでなく、場所や物にも通じていてな。人はみな、縁のある領域の中でしか生きられない。美咲との縁がなければ、お前はここに来ていなかった。つまり、縁を切ったことで、この空間はすべて、『縁もゆかりもないところ』になったのだ。本来、いるはずのない不自然な場所に身を置いているのだ。気分が悪くなって当然だ」

「なんだよ、それ」と言いながら、誠は不意に、葉ではなく美咲に摑みかかろうとした。

しかし、触れようとした瞬間、結界のような何かにバチンと弾《はじ》かれ、誠は壁に背を打つ。

「言っただろう。袖触れ合うも多生の縁、と。縁もゆかりも何もない貴様は、触ることすらできん。ここに留まっておっては、どんどん身を崩すぞ。早く立ち去れ」

葉がそう告げると、誠は「ぐっ」と変な声を上げながら、口に手を当てたまま、よろよろとドアに向かって歩き出す。

美咲も茜もすぐさま、その道をあけた。

短い廊下を壁づたいに歩いた後、誠はマンションのドアを開く。

「早く、あるべき場所に帰れ。そうすれば、じきに良くなる」

扉が閉まる直前、葉は彼の背にそう声をかけた。

美咲は、しばらく床にへたり込んだまま、放心状態で葉の姿を見上げていた。横で立ち尽くしていた茜が、思い出したように呟く。

「今ので、縁が切れたってこと？」

振り返り、黙ってうなずく葉。

その瞬間、美咲は茜に抱きしめられた。

「よ、よかったね、美咲！　本当に、本当によかった！　っていうか、ごめんね。ずっと気づいてあげられなくて」

美咲は眉を下げながら、頭を振る。

「ううん。これは私の問題やったから。ありがとう、茜ちゃん。そして、宮司さんも──」

美咲は目を潤ませながら葉を見上げる。

葉は、「そういう割には、さほど嬉しそうではないな」と呟く。

「いや、そんなことはないんやけど、なんか、心が空っぽで、何も言えへんというか」

葉は静かにうなずく。

「今までずっとあったものが、なくなったのだ。違和感を覚えるのも、無理はない。今日はゆっくり休め。久々に、よく眠れるのではないか？」

「えっ、うちが寝れてないの、なんでわかったん？」

「宮司さんは、人の心が読めるんだよ」

ニヤニヤしながらに告げる茜に、美咲は思わず「そうなん！」と声を張る。

「馬鹿な。読めるわけなかろう。悩みのある人間の多くが睡眠障害を抱えているから、言ってみたまでだ。これで用は済んだな。私も帰る」

そう言うと葉は、美咲らを素通りし、さっさと部屋を出ていってしまった。

「なんか、あっさりしてはるなぁ」

ぼんやりと呟く美咲に、茜が言う。

「でもさ、美咲。あれ、タダじゃないからね。後から法外な料金ふっかけられるよ」

えっ！　と声を張る美咲を見て、茜はイタズラっぽい笑みを浮かべた。

五

「宮司さん、遊びにきたよ！」

静かな境内に、茜の明るい声が響く。

この時間帯ならいるだろうと確信していた茜は、いつものように本殿の階段に膝立ちし、障子戸を軽く叩いた。

少しの間を置き、障子戸が開く。その隙間から、白狩衣姿の葉が眉をしかめながら顔を出した。

「……うるさい」

すると、茜の後ろから、美咲がひょこっと顔を覗かせた。

「宮司さん、お久しぶり、です。今日は、宮司さんにお礼がしたくて来てん」

「礼などいらぬ。その代わりに初穂料《はつほ》をよこせ」

素っ気ない葉に、茜が指摘する。

「でも、宮司さん、依頼受ける時に料金の話してなかったんでしょ？　よこせって言っても、いくらかわかんないんじゃ、渡しようがないじゃん。その話も含めて、何か食べながら話そうよ。色々、持ってきたよ～？」

そう言いながら、茜と美咲は、同時に手に持っていた白いビニール袋を上げる。

葉が、「そんなものに釣られるとでも？」と言った瞬間、彼の腹は盛大に鳴った。

思わず顔を赤らめる葉。茜と美咲は、顔を見合わせ、微笑んだ。


木の床に直接並べられたのは、ピザにケーキ、スナック菓子、そしてペットボトルの炭酸飲料だった。

「なんだ、この俗っぽい食べ物の数々は」

葉は眉を寄せる。

「二人で買ってきたの。美味しいよ！　ピザはお持ち帰り半額だし」

茜が紙皿と紙コップを人数分置くと、美咲が炭酸飲料を注ぎだす。

「宮司さんも、コーラでええ？」

「そんなもの、飲まん。緑茶を取ってくる」

そう言って背を向ける葉の耳は、微《かす》かに赤い。

「宮司さん、あんまり好きとちゃうんやろか、コーラ」

「コーラうんぬんってより、こういうカタカナの食べ物、食べなそうだよね。ま、だからこそ買ってみたんだけど」

茜がニヤリと口角を上げる。

「じゃあ、お寿司も買っといて正解やったねぇ。どれも食べられへんねやったら、可哀想やし」

「まぁ、ちょっと様子見てみようよ」

そう言って茜は、あえて寿司をビニールから出さなかった。

帰ってきた葉は、静かに腰を下ろすと、じっと目の前のピザを見つめていた。

茜が得意げに語りだす。

「宇治橋通り商店街で買ってきたんだ。まさかこんなところで、本格的なナポリピザが食べられるなんて思ってなかったよー。美味しそうでしょ？」

それにつられて、美咲も控えめに続ける。

「ケーキは宇治駅前の小さな洋菓子屋さんで……って、宮司さん、大丈夫？　さっきから固まってはるけど」

その指摘に、葉は肩をピクリと上げる。

「もしかして、ピザ、嫌い？」

茜の問いかけに葉は、「嫌いもなにも」と、モゴモゴ口を動かす。

「……食べるの初めて？」

「は、初めてではない！　遠い昔に、一度だけ……」

「そっか。あまりに昔過ぎて、どんな味か覚えてないんだ。中々美味しいよ？　私達みたいな大学生は、パーティーしたいけど外で食べるお金がない時、こうやって色々買って部屋に持ち込むんだー」

そう言って茜は、勝手にピザを紙皿に盛る。

「もし、ほんとに口に合わなかったら残していいから。まずは一口」

すると、葉は「こんな俗世にかぶれたもの……」と言いつつも、恐る恐る皿に手を伸ばし、その先端を、かじった。

その瞬間、葉は目を見開く。

「……うまい」

微かに溢れた感嘆の言葉を聞いて、茜と美咲はハイタッチをした。

「よかった〜！　宮司さん、友達いない、って聞いてたからさぁ。こういう、人と一緒じゃないと食べづらいものを食べる機会ないかなぁと思って、これにしたの」

「なんだその言い方は、無礼だぞ。色々と」

葉は苦々しい顔つきで、茜を睨む。

「せやけど、安心したわ。お口に合《お》うて。じゃあ茜ちゃん、うちらもいただこか」

「うん。いただきます〜」

茜がピザを頬張る。

二人が食べるのを眺めながら、美咲はポツリと話し出す。

「あのう、二人とも……この前は本当に、ありがとうございました。うち一人では、別れる勇気なんてなかったし」

　すると葉は、手を止める。

「そんなことはない。そなた、あの部屋で、自らの手で縁を切ろうと、もがいておったのだろう？　私が見た時、それはすでに、ほつれておった。そこ目がけて刃を下ろしたからこそ、切れたのだ。そなたの勇気があったからこそ、だ」

「へー。やっぱり宮司さんには見えているんだね。縁が。それって、あの赤い目だったから？」

　茜は口にピザを入れながら話す。

「あぁ。透糸眼と言ってな。あの状態の時のみ、縁を可視化できる。が、あまり人には触れまわるなよ。見世物ではないからな」

「そうなんだー。あっ、じゃあ、私と美咲の縁も見てみてよ！　私達の友情が、本物かどうかを」

「断る。縁など、遊び半分で見るものではない」

　茜は口を尖らす。すると今度は、二人の話を聞いていた美咲が尋ねた。

「でも、ええなぁ、その力。宮司さんなら、どんな縁が自分と繋がってるんか、自分で見られるやん。便利そうやな」

葉は頭を横に振る。

「確かに、縁のある人間と同じ場に居る時はその者との縁が見える。だが、自分一人で居る時は、たとえ鏡を前にしても、どのような縁が自分に絡んでいるかは見えんのだ。また、自分のものは、その中に自らの思いが交じるゆえ、正確に見れぬ時がある。ゆえに、私は、自分の縁は基本、見ぬようにしている」

「そういえば、占い師さんとかも、自分の未来は占えない、って言うよね。あれと同じかな？」

葉は、さあな、と言いながら、二枚目に手を伸ばす。どうやら気に入ったらしい。茜の頰が、自然と緩む。

「あ、ところで、宮司さん。初穂料の、ことやねんけど……」

美咲は切り出しにくそうに、俯きながら続ける。

「あの、私、まだバイトし始めたばかりで、そんなにお金、ないねん。やし、その、茜ちゃんみたいに、お手伝いすることで、少し補てんできひんやろか？　その……お料理とかで」

「手伝いは、間に合っている。待ってやるから、現金で払え」

茜は思わず、「待って、宮司さん！」と叫ぶ。

「美咲ってさ、すっごく料理が上手《うま》いの。京都のおばんざいも得意だし、中華も美味しいし、ここにあるような、ピザやケーキだって作れるんだよ。ぜったい、食べて損はないから！」

「しかし……」

葉が口を歪めた瞬間、ウゥーッと、何かのうめく声が聞こえた。

「あっ、紫ちゃん！」

美咲が声を張る。見ると、神棚の後ろから、紫がこちらを睨みつけていた。

彼女は思い出したように鞄からタッパーを出すと、紫の方へ寄っていった。しかし、紫は、低い声を上げながら毛を少し逆立てている。

「どうしたん？　この前は私を慰めてくれてたのに。今日、紫ちゃんにもご飯、持ってきてん。ほら」

そう言って、美咲はタッパーを開ける。後ろから覗き込んでいた茜は、思わず「美味しそう！」と叫んだ。

「猫ちゃん用、ハンバーグ。形も猫ちゃんにしてみてん。どうやろ？」

葉は、眉を寄せながら「紫はねこまんましか食べん」と吐き捨てるように言った。しかし、当の紫は、双眸を開き、一歩ずつ、鼻をひくつかせながら美咲の方へ寄ってきた。

「あっ、食べた！」

一口食べて味を知ったのか、紫は、顔をタッパーに突っ込んで、ガツガツと夢中で食べ始めた。

「……まさか。他人の作ったものを紫様が」

一瞬、そんな呟きが茜の耳をかすめる。「どうかした？」と尋ねると、葉はなんでもないと、そっぽを向いた。

皆がピザを食べ終えたのを見計らい、茜はケーキの箱を開けた。

「このお店のケーキは、甘さ控《ひか》えめで、スイーツ嫌いの人も楽しめるの。宮司さん、ケーキはさすがに、食べたことあるよね？」

葉が答える前に美咲が「そら、あらはるやろ。誕生日ケーキとか」と告げる。

「……誕生日、ケーキ……か」

視線を落とした葉に、何かを感じた茜は、取り繕うように一番大きい部位を葉の皿に盛った。

「はいっ、宮司さん」

口角を上げて突き出すと、葉はぐっと、何かを堪えるような表情で、皿を受け取った。

彼はフォークを手に持つと、そのひと欠片《かけら》を口に運ぶ。

「どう？」

「あぁ、美味しい」

観念したかのように、葉は目を細め、少しだけ微笑む。

「紫ちゃんのも、あるで」

そう言いながら美咲は、別のタッパーを取り出す。猫用缶詰をテリーヌ風にアレンジしたもの、らしい。

すでに皆の輪の中に入っていた紫は、またもや一心不乱に、それを、食べ出した。

そんな二人を見つめていると、茜の心は緩んだ。なんか、良い空気だな、なんてぼんやりと思う。

葉がいつも、張り詰めたような顔をしているのが、前からずっと、気になっていた。

別に、葉の背負う「定め」や「宿命」を否定する気など、毛頭《もうとう》ない。

しかし、茜は葉に、恩がある。

葉の背負うそれが、少しでも軽くはならないか。一時でも、重荷を下ろして、落ち着く時間が持てないか。

彼に出会って以来、茜はそんなことを、よく考えていた。

（いつか、橋姫様のことも聞いてみたいな。私にできることがあれば、協力した

い。宮司さんの、力になりたい）

茜は純粋に、そう考えていた。

ふと、障子戸の外に目をやる。

先ほどまで柔らかな日の光が障子戸越しに差していた。が、太陽に雲がかかったのか、急に障子戸の向こうが暗くなる。

（また、一雨来るのかな？）

そう思いながら茜は、ケーキの最後のひと欠片を、口に運んだ。

第三話　本音の在処《ありか》

一

「どうや？　葉《よう》ちゃん？　見た感じ」

　白シャツ姿の葉は、マジックミラー越しに、取調室の被疑者の顔を窺う。

　葉の隣に立つ大柄の男性は、そわそわした様子で葉と被疑者に視線を行き交わせた。

「田中《たなか》、そなたはどう思っておる？」

「証言の辻褄《つじつま》は合《お》うてるが、刑事の勘ゆうやつか、どことなく引っかかるんや。葉ちゃんは、どう思う？」

「嘘をついておるな」

「ほんまか！」

　田中は目を見開く。

「『夕方四時は、部屋でテレビを見ていた』と証言した時にだけ、やけに詳しく語ったろう。番組の内容、出演者、そして感想。しかも、早口でペラペラと。アリバイ作りのために、事前に準備しておったから、他の時間帯について語る時以上に、スラスラと答えられるのだ。一方で、嬉しそうに話すわりには、右手はずっと、膝《ひざ》を撫《な》でていた。『なだめ行動』の一種だ。自らを落ち着かせようと、自分で自分をあやしている」

「確かに。で、縁の方は？」

葉は目をつぶり、視神経に意識を集める。そして瞼《まぶた》を上げ、じっと鏡の向こうを見つめた。

「一本だけ、首に何重も巻き付いている縁があるな。この絡み方は、明らかに悪縁だ。しかも、かなり執着されている。誰かがこの被疑者を脅している、または操っている可能性が、大いにあるだろう」

「つまりこいつは、誰かに利用されて変な事件に巻き込まれてるかもしれんってことやな」

田中は、ひげを擦《さす》りながら、うんうんとうなずいた。


宇治《うじ》警察署の自動ドアをくぐる。

もう夕暮れかと葉が空を見上げていると、後ろから、「待て待て」という田中の声がした。

「葉ちゃん、これこれ、忘れてる」

そう言って田中は、「お年玉」と書かれた封筒を手渡した。

「正月の余りか？　もう半年以上過ぎておるぞ」

「そう言わんとさー。この封筒なら、外でも堂々と渡せるやろ」

「渡せんだろう。皆になんと言い訳する？」

「言い訳もなにも、これは俺のポケットマネーや。やましいことはしてへん。葉ちゃんとこには、じーさまの代から世話になってるし、上からは何も言われんよ。それに」

と、田中は歩道に目をやる。

着物姿の男女、同世代の若者グループなどが、和気あいあいといった感じで宇治橋の方角に歩いていく。

こちらに目線を向けているものなど、誰もいない。

「今日は『灯《あか》り絵巻』の日や。こっちを気にしてる者なんて、誰もおらん。皆が浮足立ってるからな」

「確かに」と言いながら、葉が、ふっと息を吐く。

「灯り絵巻」とは、毎年秋に行われるイベントだ。宇治橋周辺の小道に灯籠《とうろう》が並べられ、夜になると明かりが灯《とも》される。

夕闇に浮かぶ炎がなんとも幻想的で、比較的新しいイベントにもかかわらず、毎年好評を博していた。

「ええなぁ。俺もこんな日は、はよ上がって夜道を雅《みやび》な気分で散歩したいもんやけど、なにぶん仕事が溜まっててなぁ」

「ご苦労なことだ」と、葉は呟《つぶや》く。

「ところで、葉ちゃんは行く予定なんか？」

一瞬まぶたを上げた葉は、なんともない風を装い、告げる。

「あぁ、一応」

「何やそれ？　ひょっとして、女とデートかぁ～？」

「違う。そんなものではない。断じて」

急に声を張った葉に、田中は目を丸くする。

「なんや、そのキョドりっぷりは。図星かいな」

自分の慌て様が、かえって疑念を招いたことに気づいた葉は、口を真一文字に結んだ。頬に熱が帯びるのを感じる。

「そーかぁ！　葉ちゃんにもとうとう、一緒に行ってくれるお連れが見つかったんか！　でも、あまりイチャつくと、橋姫《はしひめ》様の嫉妬《しっと》を買うでー」

田中が冗談めかしに言っているのは承知していたが、それでも葉の喉奥《のどおく》からは、苦いなにかがこみ上げてきた。

本当に、違う。

茜《あかね》と美咲《みさき》は、本当に、ただの神社の客だ。数週間に一度現れ、神社の世話をして帰っていく、半ば使用人のような存在だ。それ以上でもそれ以下でもない。

言うなれば、非常勤の雑用係だ。

そう主張したかったのだが、言ったら言ったで余計に勘ぐられそうなので、葉は黙った。そして、湿る手をぎゅっと握《にぎ》ると、「失礼する」と言い残し、田中から逃げるようにその場を去った。

(全く、要らぬことを……。私の使命は、橋姫様に仕え、橋宮《はしみや》神社を守ることだ。それ以外は、なにもいらぬ。なにも)

そう自分に何度も言い聞かせながら、神社へと急いだ。

その頃茜は、街着と呼ばれるカジュアルな着物姿で、美咲と共に、橋宮神社の境内にいた。

「宮司《ぐうじ》さん、遅いねー」

首を脇戸から出しキョロキョロと顔を動かしていると、後ろから美咲が声をかけてきた。

「何か、用事あるーって、ゆうてはったしなぁ。あ、茜ちゃん、また帯緩《ゆる》んでる」

そう言って美咲は、茜のおはしょりを内側から引っ張る。ついでに帯締めもキュッと結び直した。

「助かるよー。私こういうの、全然わかんないから」

「うちも、ど素人《しろうと》やで。いつも狩衣《かりぎぬ》着てる宮司さんの方が、よう知ってはるかも」

「確かに。宮司さん、せっかく普段から着物着てるんだから、こういうイベントに行かないと損だよね。夕闇と灯籠と宮司さん。うん、絶対映える！」

そう言って、茜は一人でうなずいた。


そもそものきっかけは、茜のこの質問からだった。

「宮司さんって、用事のある時以外、外出しないみたいだけど、イベントとかの時も？」

数日前に、掃除のため神社を訪れた茜は、何気なく葉に話を振った。

「イベント、とは？」

「ほら、あるでしょ？　お祭りとか、花火大会とか、紅葉、桜のライトアップとか」

行かんな、と答える葉に、茜はすぐさま、もったいない、と叫ぶ。

「私、一人の友人として言わせてもらうけど、宮司さんって結構カッコいいよ。着物も似合ってるし。もし、そういうイベントに狩衣姿で出ていったら、絶対、取材とかの声がかかると思う」

「そんなもの、望んでおらぬ」

「でも、もし、みんなに注目してもらえたらさ、橋宮神社だって潤うよ。庭師さんに月一で入ってもらえるくらい、儲かるかもしれないよ？　それに宮司さんも言ってたでしょ？　そろそろ鈴紐を新調したいって。これからの時代、神社も経営戦略を立てなきゃ」

そう言って、人差し指と親指でお金の形を作る茜。

葉は呆《あき》れたように告げる。

「私は、そんな俗にまみれた事に興味はない。金には困っておらぬしな」

「そう？　側溝の掃除だって、誰にも頼めなかったのに」

そう言って腕を抱えた茜だったが、急にポンと手を叩いた。

「そういえば、今日、宇治に来る時、駅でポスター見たよ。灯り絵巻、だっけ？」

「あぁ、最近やっておるな、そんなものも」

「ね、宮司さん。せっかくだし、美咲も誘って行ってみない？　着物を着て、みんなで！」

「断る。人混みは苦手だ」

「苦手ってことは、行ったことないの？　こんなに近所に住んでるのに？」

葉は眉《まゆ》を寄せながら、茜を無言で睨《にら》む。

「それなら尚更《なおさら》、行こうよ！　宮司さん、人間観察好きでしょ？　人が沢山いるんなら、練習にピッタリだし。それに宮司さん、参拝客の人と雑談しながら、相手のこと探ったりするから、その時のネタにも、いいんじゃない？　一回くらい行って、損はないよ。ね？」

葉は押し黙る。茜はニヤリと微笑《ほほえ》んだ。

「じゃ、決まり。今週の金曜の夜はどう？　そこなら、土日ほどは混まないだろうし、私達も早く授業終《なか》わる日だし！」

といった形で、半ば強引に、葉を連れ出すことにしたのだ。

境内《けいだい》の階段に腰掛けながら、茜は今日の期待を口にする。

「散策中に、狩衣姿の宮司さんの姿が、記者さんの目に留まらないかな。そしたら、おしゃれな雑誌に記事が出て、お客さんが来て、お金も落としてくれるよ。そうすれば、この本殿も、もっときれいにすることができるし。紫《むらさき》のご飯だって、デラックスねこまんまにできるかも！」

我ながら良い作戦だと、茜はニヤリとほくそ笑む。

それに、と、内心、思う。

もしこの神社に参拝客が増え、葉一人では事足りなくなれば、彼も正式に人を雇わざるを得なくなるだろう。収入が増えれば、それも可能になる。

そうなれば、葉だってもっと自由に外出できるだろうし、神社に縛られることもなくなる。彼の負担を軽減できるのではないかと考えていたのだ。

「でも、急に沢山人が来たら、この神聖な雰囲気がなくならへんやろか」

美咲の問いに、茜が答える。

「確かに、今のスペースじゃそうかもだけど、もう少し広く場所を取れれば、大丈夫なんじゃないかな。ほら、清水寺《きよみずでら》や伏見稲荷《ふしみいなり》大社なんかは、沢山お客さん来るけど、その厳《おごそ》かな雰囲気は守られているし」

「土地まで広げるん？　なんか、壮大な計画やねぇ」

美咲は思わず吹き出す。

その時だった。

「もう来ていたのか？」

脇戸を開け、入ってきたのは葉だった。

「うん、早めに着いたんだ。あれ、宮司さん、今日はシャツなんだね。ほら、いつもの着物に着替えて！」

「このままでもよかろう」

葉は口をへの字に曲げる。

「良くないよ。今日はイベントを楽しむ日なんだから、それなりの恰好《かっこう》をしなくちゃ。ね？」

そう言いながら茜は、障子戸を開け、「さあどうぞ」と言いながら、早く中に入るよう促す。

葉は、訝《いぶか》しげな表情をしながらも、中に入っていった。

「うん。作戦は順調だね。宮司さんはいつもどおりでもカッコいいだろうし、散策が楽しみ」

「そやねぇ、でも」

美咲は、少し表情を曇《くも》らせ続ける。

「こういうのって、橋姫様はどう思うんやろ」

「へっ、橋姫様？」

美咲はコクリとうなずく。

「宮司さんの許婚《いいなずけ》の橋姫様って、嫉妬《しっと》深いので有名やろ？　婚約相手が女の子とお祭りなんて、妬《や》かへんやろか」

瞬間、チクリと痛みが走る。

自分が葉と親しくすることで、橋姫の嫉妬を買わないか。このことは以前から茜も、心の片隅で気にしていた。気にしていながらも、神社通いを止めなかったのは、それ以上に葉が気がかりだったからだ。

彼の時折見せる、寂《さび》し気な表情。「自分は特別だ」と発する時の、何かに耐えるような顔つき。

茜の目には、葉が何か悩みを抱えているように見えた。ちょっとやそっとでは解決できないであろう、根深い悩みを。

本当であれば、以前葉が茜にやってくれたように、彼の本音を引き出し、彼が抱える問題を一緒に解決したい。

だが、茜にはそんな技術も技量もない。なのでせめて、葉を独りぼっちにさせないために、神社に足しげく通っていた。

その甲斐《かい》あってか、出会った当初よりは、葉の顔つきは柔らかくなったように感じていた。正直、茜は、そのことをとても喜ばしく思っている。

だから、美咲に改めて、「橋姫に嫉妬されないか」と問われると、内心、戸惑《とまど》いを覚える。あえて、目を背《そむ》けていた事柄だったからだ。

しかし、ここで自分の思いをぶちまけるのも何か違う気がして、茜は自身にも言い聞かせている「言い訳」を唱えた。

「大丈夫だよ。今までも何もなかったんだし。それに、宮司さんと橋姫様は、許婚だよ？　宮司さんは、橋姫様に相応《ふさわ》しい人になるために、他の一切を断ち切って仕えてる。二人は強い絆《きずな》で結ばれてるんだから、私らごときに妬くわけないよ」

　それに、と茜は続ける。

「美咲はどうか分からないけど、私は男友達に『ガサツ過ぎて女として見れない』って言われた人間なんだから。そんな人間に、妬くわけないじゃん！　絶対大丈夫、神に誓って大丈夫！」

　そう言って胸を張る茜に、美咲は「自慢できることやろか」と苦笑する。

「……それならええんやけどね。ほら、橋姫伝説によれば、人間の頃の橋姫様は、愛する夫を女に寝取られたってなってるやん？　そういうトラウマのある人って、やっぱり、他の女が近づいただけで、あらぬ疑いをかけてしまわんやろか、って」

「えっ、橋姫様って、夫を女に寝取られたの？」

　茜が驚き声を上げると、美咲は知らんかったん？　と、さらに大きな声を上げる。

「橋宮神社を紹介してくれたから、てっきりうち、そのへんのことも知ってるんかと……」

「いや。ここの神社を知ったのは、あくまで縁切り神社を探す過程でのことだったから。橋姫様が嫉妬深い神様だってことは知ってたけど、その由来？　までは知らなかった」

そうなんだ、と、茜は本殿を見上げた。

日はだいぶ暮れ、朱と紺色の混じり合う空には、夕陽を反射した黄金色の雲が浮かんでいる。

そんな華やかな夕焼けを背にしているにもかかわらず、社殿の茅葺《かやぶ》き屋根には木影が落ちており、ひたすら地味だ。

ただ、何に動じることもなく、静かに佇《たたず》んでいる。

その姿が、夫の帰りをじっと待つ橋姫に重なり、茜の心はチクリと痛んだ。

と、その時だった。

「準備ができたぞ」

スッと、障子が開く音がする。

出てきた葉は、白狩衣に白袴《しろばかま》。いつもの姿であるはずなのに、なぜか茜には、それが花嫁が着る白無垢《しろむく》のように映った。

「何をぼさっとしている？　言い出したのはそなただろう。行くぞ」

そう言って葉は、一人でスタスタと歩き出した。

『灯り絵巻』は、想像以上に幻想的だった。

　宇治橋周辺の散策スポットである、中の島一帯。その中の、塔の島、朝霧橋《あさぎり》、喜撰橋《きせん》、そして橘橋《たちばな》の辺りに、「灯りの路」は敷《し》かれていた。

　橋や路の両脇には、等間隔で灯籠が置かれている。それは夕闇にぼんやりと浮かんでいた。

　茜は朝霧橋を歩きながら、まるで自分が、黄泉《よみ》への道を歩く死者のような気持ちになった。まるで、灯籠の灯《ひ》一つ一つが、あの世への道を優しく照らす、誘導灯のように思えたのだ。

「なんか、綺麗過ぎて魂持っていかれそう」

　そう、感想をこぼすと、「何だ、その不気味な感想は」と、葉が怪訝《けげん》な表情で呟いた。

「でも、茜ちゃんの気持ちわかるわ。なんかここだけ、現実世界じゃない、というか、異界に迷い込んでしまったみたいやねぇ」

「そうそう、そういうこと」

　茜は何度もうなずく。

　平日で、しかも平等院《びょうどういん》の夜間ライトアップは明日からということもあり、そこまで混んではいなかった。人の話し声より、とうとうと流れる川の音の方が耳に入る。

湿った空気に、水流音、そこにぼおっと浮かび上がる朱色の橋。

どこか不気味で、でも不思議に怖くはない。まさしく「異界」という言葉がふさわしい、と茜は思った。

そんな時だった。

「エクスキューズ　ミー」

突然、後ろから声がする。慌てて振り返ると、そこには外国人の男女が立っていた。

「テイク　ア　フォト　フォー　アス　プリーズ」

茜は固まるが、美咲が自然に前へ出た。

「オーケー。メーアイ　ハブ　ユア　カメラ？」

美咲は一眼レフのカメラを受け取ると、シャッターを切り出した。

（美咲、英語話せるんだ……）

茜は感嘆《かんたん》すると同時に、口角を上げる。

前回の彼氏との一件以降、美咲は変わった。以前はどこか、おどおどした雰囲気があったが、それがなくなった。堂々としており、積極性が増した。まさに今だって、自ら前に出て、見知らぬ外国人と談笑している。

「変わったな、あやつ」

隣に並ぶ葉が、ボソッと話しかけてきた。

「うん、私もそう思う。でも」

茜は葉を覗《のぞ》き込む。

「宮司さんも、少し変わった、気がする」

「私が？」

なにをバカな、というように、葉は皮肉めいた笑みを浮かべた。

「うん、変わった。会ったばかりの頃は、もっとツンツンしてて嫌な感じだったけど、今はなんていうか、少し丸くなったというか、柔らかくなった、というか」

「なんだそれ、褒《ほ》めているつもりか？　偉そうに」

葉が眉をひそめる。

「褒めるも何も、本当にそう思ってるんだよ」

そう言って微笑むと、葉は驚いたように瞼を上げ、すぐさまプイと顔を背けた。

耳たぶが少し赤らんで見えるが、それは灯籠の明かりのせいだろうか。

茜はもう一度、前に視線をやる。

そして、変わったのは、美咲と葉だけではない、と思った。

この朝霧橋周辺は、茜が初めて宇治に来た時に散歩した場所だ。

その頃は、心がくすんでいて、母のことも受験のこともあって、正直滅入《めい》っていた。

しかし今は違う。母親とは適切な距離を保てるようになったし、新たな土地で、新たな生活をスタートすることができた。毎日楽しいし、充実している。

そういえば、この前電話で、母が、例のチャラ男と付き合うことになった、と言っていた。それを茜は、素直に祝福することができた。

私も変わることができた。自らの執着を認識し、それを断ち切ることができた。それはすべて、全部、葉のおかげだ、と茜は思っていた。

横目でチラリと、葉を見る。

彼は、風に髪をなびかせながら、目を細め、川の水面を見ていた。橋姫様のことを考えているのだろうか。

(橋姫様、あなたの許婚は、良い人です。あなたを裏切ったりはしないと思います。もちろん私も、あなたから彼を奪おうなどとは思っていません。だからどうか、安心してください)

茜は軽く目を閉じ、心の中で祈った。

塔の島周辺を一周したのち、茜と美咲はマンションに戻るため、京阪《けいはん》の宇治駅へと向かった。

すでに辺りは暗くなっていたため「一緒に行こう」と葉も、駅まで付いてきてくれた。

「結局、取材の人からお声はかからなかったね」

茜は残念そうに呟く。

「今日はそれほど人がおらんかったからね。でも、宇治にはまだまだ色んなイベントがあるやん。そういうのに、宮司さんを引っ張りだして、少しずつ皆にお披露目《ひろめ》するんはどやろ」

「そうだね。名付けて、『宮司さん客寄せパンダ作戦』！」

人差し指を上げる茜に葉は、

「ひどい作戦名だな。私は行かんぞ」

と顔をしかめた。

横断歩道を渡り、駅前のロータリーに着く。ここから構内を歩いて二分ほどの距離に、改札口がある。

「じゃあ、宮司さん、ありがとう！　次回もまた、頑張ろうね」

「……そなた、なぜ当然のように、次回があると思っているのだ？」

呆れ顔の葉を無視し、茜は「次は紅葉の時期かな？」などと美咲に言い、いたずらっぽく笑った。

葉に背を向け、地下に続く階段を降りる。

ふと、後ろからの風を受け、茜は何の気なしに、振り返った。

見上げると、階段のてっぺんには、葉のものだと思われる、下駄《げた》を履《は》いた脚が見える。そして、その隣に、先の尖《とが》った茶色の靴を履いた「誰か」がいた。

二つの脚の、距離は近い。

歩きながらだったので、茜が進むにつれてそれは見えなくなった。

(宮司さん、知り合いにでも会ったのかな？)

不思議に思いながらも、茜は歩みを止めない。

足元がちらりと見えただけなので、何とも言えないのだけれど、その妙に光る革靴は、葉の足袋と下駄には明らかにミスマッチだった。

親しい間柄ではなさそう、というか。

「茜ちゃん、どうかした？　何度も後ろを振り返って」

美咲に言葉をかけられ、我に返る。

「あ、違う違う。なんでもない」

そう言って茜は、気をそらすため、別の話題を振った。

(ま、観光客に道を聞かれただけかもしれないし)

そう思い直し、茜は勢いよく、カードを改札機に押し当てた。

二

「なるほど……今のが、最近、頻繁《ひんぱん》に会っているという『おともだち』か」

橋宮圭《けい》は、そう言いながら目を細め、葉を見下ろした。

美しい白髪が、夜風にサラサラとなびく。葉と同じく、線の細い、整った顔立ちだ。

「兄様……どうしてここに?」

気まずい気持ちを隠そうと、葉はあえて余裕めいた笑みを浮かべる。

「最近お前が、務めをサボりほっつき歩いていると耳にしてなぁ。様子を見に来たんや。そしたら案《あん》の定《じょう》、や」

穏やかな声色ではあるが、非難の色が混じっている。葉は思わず口ごもった。

黙り込む葉を、じっと見つめていた圭は、やがて大げさなため息をつく。

「自分の『務め』を忘れたんか? 友達、しかも女になどにかまけおって、橋宮神社の宮司、失格やな」

その声は、先ほどまでとは裏腹に、低く冷淡なものだった。

「と、友達などではありません。過去の縁切り依頼者、参拝客だった者たちです。

初穂料の代わりに、神社の世話をしてくれているだけです。ほら、境内の溝掃除の話をしたでしょう？」

「掃除の話は聞いてたが、あんな若い女やとは聞いとらん。それに、ただの客、やと？　ただの客と、連れ立って行事に参加、か？」

　葉は目を伏せる。

「誤解を招く行動をしてしまったことは、迂闊《うかつ》でした。申し訳ございません」

　そう言って、深々と頭を下げた。自分でも薄々そう感じていただけに、何も言い返せない。

「いや、間違いは誰にでもあるしな。あやつらと今後関わらんかったら、それでええ話や」

　そう優しく告げる圭に、葉はハッと顔を上げる。

「しかし、あの者らは、役に立ちます。使用人のように、神社の掃除をしたり、料理をしたりしてくれています。現に、紫様だって」

　言《い》い切る前に、圭が遮《さえぎ》る。

「なんや、言い訳か？　お前は、全てを断ち切り、橋姫様に身をささげるべき存在や。それやのに、俗世の人間と軽々しく交流しおって。宮司の風上にもおけん」

　その鋭い口調を、葉は唇を噛《か》みながらも、真正面から受け止める。

圭は更に付け加える。

「橋宮家に代々受け継がれてきた伝統を、お前の代でないがしろにする気か。あの先代ですら、女と連れ立つなんてことはなかったのに……この恥さらしが」

伝統を引き合いに出され、葉は何も言えなくなった。唇を固く結び、視線を落とす。

しばらくの間、沈黙が流れる。

川からの湿った風が、妙に重く感じられた。

「私が、切ってやろうか。お前の代わりに」

圭から出たその言葉に、葉は咄嗟《とっさ》に視線を上げる。

「縁を、ですか」

「せや。お前も知ってるやろ？　私も断絆刀《だんはんとう》が使えることを。今度、やつらを神社に招き。二人が来たところを、私が切ってやろうやないか」

「そ、その必要はございません！」

いきなり身を乗り出す葉に、圭は眉を寄せる。

「自分で行います。兄様の手を煩《わずら》わすような真似は、いたしません」

「……ホンマやな」

「ええ」

するとは、長いため息をついた。

「分かった。では、父さんや母さんにも、何も言わんでおこう。そのかわり、近日中に必ず切るんやで。ええな」

「……分かりました」

すると圭は、満足したようにゆるりと口角を上げ、そのまま駅のホームへと階段を下りて行った。

残された葉は、垂れた手をぎゅっと握りしめる。

腕は、微《かす》かに震えていた。

次の日、茜は朝から橋宮神社を訪れた。昨晩、境内に手帳を忘れたのだ。

いつもどおり、本殿の障子戸を軽くノックし、「宮司さーん」と声をかける。

が、葉は中々出てこない。

今日は留守かとも思ったが、中からは微かに物音がする。

「あの、手帳を忘れたと思うんだけど、見かけなかった？　あれがないと、大学の時間割分かんなくて」

そう言った瞬間、ガラリと本殿の障子戸が開く。

茜は笑みを浮かべたが、見下ろす葉の視線は、いつになく冷ややかだった。

「あ……ごめん、何か取り込み中だった？　手帳を」

「そんなものは知らん。貴様、昨日無断で本殿に上がったのか」

「いや、上がってないけど」

「それならば、中にあるわけなかろう。そのへんにあるのでは？」

冷たく言い放つ葉に、茜は、多少の違和感を覚えながらも、確かにそうかと一人でうなずく。

そして境内を見回してみると、欄干《らんかん》の角にそれが置かれているのを見つけた。

「あった！　あったよ、宮司さん。ごめんごめん」

すると葉は、眉をピクリとも動かさず、そのまま茜に背を向ける。

普段なら、小言の一つでも言いそうなものなのに、と、茜は不思議に思った。

「あの、宮司さん、もしかして、怒ってる？　昨日私が無理に連れ出したから」

恐る恐る、尋ねる。

葉は顔だけちらりとこちらに向けると、「そうではない、ただ」と言葉を切る。

「ただ、何？」

すると葉は身体ごとこちらに向き直り、茜の目を見据《みす》え、言った。

「金輪際《こんりんざい》、そなたらとは、会わん。もう、ここには来るな」

その低く震えたような声は、はっきりと茜の鼓膜を揺らした。しかし、茜は一瞬、その意味が理解できなかった。

「え、でも、掃除とかは」

「自分でやるから、必要ない」

「い、いやいや無理でしょ。宮司さん力仕事苦手だし。私がやるよ。最近コツを掴んだから、結構楽しいんだよね！」

茜は動揺を隠そうと、あえてニッと歯を出して笑う。

が、葉の表情は固いままだ。

「要らぬと言っておるだろう、しつこいぞ」

吐き捨てるような口ぶりに、茜は瞬間、黙り込む。数秒間沈黙が流れたのち、恐る恐る尋ねる。

「あの、やっぱり怒ってる？　昨日のこと。ごめんなさい。これからは、無理に連れ出したり……」

「違う」

「じゃあ、いきなりなんで」

「目ざわりだからだ」

茜は息を止める。

葉はこちらを見下ろしたまま続けた。

「私はな、橋姫様の、つまりは神の許婚だ。そなたらのような俗世の人間とは、住む世界からして違うのだ。これ以上、低俗な貴様らとつるんでおっては、身が穢《けが》れる。だから来るなと言っているのだ。分かるか？」

心臓が何かに射抜かれたような、そんな痛みが走る。茜は即座に、言い返す。

「た、確かに私も悪いところがあったかもだけど、それにしてもいきなりそんな」

「うるさい。これ以上話すことはない」

葉の強い口調に、茜は思わず口ごもる。葉の頬は紅潮し。目は鋭く吊《つ》り上がっていた。

いつも冷静な葉が、こんなにも声を荒らげている。

茜は唇の震えを感じながらも、そっと口を開き、問う。

「これ以上来たら、宮司さんの迷惑になるってこと？」

「……そうだ」

葉は目をそらしながらも、ハッキリと告げる。

茜は唾《つば》を一呑《ひとの》みすると、混乱する頭をなだめながら、無理やり唇の端を上げた。

「そっか。迷惑だったんだね。ごめんね。気がつかなくて。私、鈍感だからさ」

謝罪を口にする。が、言葉の意味をしっかり考えて言ったわけではない。

頭の中は未だにぐちゃぐちゃで、明らかに混乱していた。正直なことを言えば、

「そんな言い方ある？　それに、今更なんで？」と葉に嚙みつきたかった。

しかし、そう言ったところで、今の状況が変わるだろうか。いや、変わらない。それどころか、悪化するだろう。

葉は冗談を言うタイプには見えない。つまり、これが彼の本意、と受け取るしかない。

茜は動揺を押さえつけながら、眉尻を下げ、無理やり笑ってみせる。

「京都の人って、あんまり本音を語らないっていうからね。宮司さん、ずっと我慢して、私に付き合ってくれてたんだね。なのに、私ってば、てっきり宮司さんも楽しんでくれてる、なんて思ってて……。ありがと、ちゃんと本音、言ってくれて」

じゃあ、と、茜は明るい声で続ける。

「もう私、来ないね。金輪際。迷惑かけるような真似もしない。美咲には私から言っておくよ」

そして、「最後に」と言うと、無言の葉に向けて深々と頭を下げた。

「宮司さん、今まで本当に、ありがとうございました。迷惑かけて、ごめんね」

顔を上げた茜は、何とか笑みを作ると、そのまま逃げるように、神社の脇戸をくぐった。

早足で、京阪・宇治駅までの道を急ぐ。心臓はいつにも増して速く脈打っている。

やってしまった。そう、感じていた。

良かれと思ってしていたことでも、相手にとっては迷惑なこともある。

特に葉は、自分とは違う、遠い世界の人間だ。そう分かっていたにもかかわらず、茜はほうっておけなくて、神社に通い続けていた。まずいかもしれないと薄々気づきながらも、止められなかった。

(美咲の予感が、当たっちゃったのかもな)

宇治橋前の信号に捕まり、茜は重い重いため息をつく。

ふと、美咲が彼氏と縁を切った後に行った「打ち上げ」の光景が思い出された。ケーキを食べながら、美味《おい》しいと微笑んだ葉の、優しげな顔が脳裏をよぎる。

(嬉しそうにしてくれてる、なんて思ってたのに……)

ぼんやりと空を見た。今日は秋晴れ。自分の心とは裏腹に、雲ひとつない快晴だ。

(……私が勝手に、勘違いしてただけか)

そう思いながら、ふぅとため息をついた。

信号は、いつの間にか青に変わっている。周りの人が歩き出す中、茜は一人、その場で佇《たたず》んでいた。

マンションに帰り着くと、茜はその行き場のない感情を誰かに打ち明けたくて、美咲の部屋のインターホンを押した。

美咲がドアを開けた瞬間、茜は彼女に抱きつく。

「ど、どーしたん茜ちゃん！」

「美咲の予感、的中したかも。私、もう神社に行けなくなった」

美咲は困惑した表情を浮かべながらも、「とりあえず、上がり」と、部屋へ入れてくれた。

白いフワフワの絨毯《じゅうたん》に腰を下ろす。

廊下にあるキッチンでは、美咲がお茶を淹《い》れてくれていた。優しい、香ばしい薫《かお》り。ほうじ茶の匂いだ。

「で、どうしたん？」

美咲はガラス製のローテーブルに湯呑《ゆの》みを置き、首を傾《かし》げる。茜は先程の神社での出来事を、詳細まで語った。

できるだけ明るい口調を心がけたが、話し終えた瞬間の美咲の表情は、曇っていた。

「あ、そんな暗い顔しないで。私、昔もあったんだ。適度な距離感が分からず怒れること。中学の時も、良かれと思って部活の後輩の世話を焼いてたら、結果、余計なお世話だった、ってこともあったし。駄目だよね、私。全然直ってない」

気持ちを隠し、苦笑いを浮かべながら頭を掻《か》く茜に、美咲は言う。

「それ、ホンマやろか」

意外な言葉に、茜は目を丸くする。

「え、本当だよ。だって宮司さんが」

「本当にそう思ってるなら、そんなことわざわざ宣言せんでも、黙って縁を切れば済む話ちゃう？　ほら、私と誠《まこと》さんの時に使ってた、縁を切る刀があったやん。縁は、当事者同士が揃《そろ》えば可視化できるらしいし、それを切ることもできるんとちゃうの？」

美咲の指摘に、茜は手を下げ「確かに」とこぼす。

「それに、いきなりそんなことをハッキリ言うのも、変な感じがするわぁ」

そう言いながら、美咲は湯呑みを手に取る。

「偏見もあるかもしれんけど、京都の人って、ハッキリ言うのを嫌うやん？　帰ってほしい客には『ぶぶ漬けいかがどす？』なんて訊いて、帰るのを促したりするし。そんな京都の人間である宮司さんが、『来るな』なんてハッキリ言うのは、何か違和感があるわぁ」

そう言われて茜は、先ほどの神社での光景を思い出す。

葉と会った時には動揺しすぎて、冷静さを失っていた。だが、改めて考えると、確かに不可解な点はあった。

「つまり美咲は、『来るな』っていう発言自体に、裏があるって言いたいの?」

美咲は静かにうなずくと、茜に目線を合わせる。

「茜ちゃんといる時の宮司さん、私から見ても、なんか楽しそうに思えた。やし、来るなっていうのは、やっぱり宮司さんの本音とは違《ち》ごて、建前なんとちゃう?」

「建前ってことは、本当の理由があるってことよね? 橋姫様の嫉妬を買ったから、会えないってことじゃないのかな?」

「普通に考えたら、嫉妬を買ったっていうんが妥当な理由やけど……」と言いながら、持ち上げていた湯呑みを一旦テーブルに置いた。

「でも、それもちょっと、しっくりきいひんというか……正直、今更感もあるよねぇ」

「確かに、それは私も少し思った」

茜の発言に美咲はうなずく。

「橋姫様がホンマに、めちゃくちゃ嫉妬深い神様やったとしたら、茜ちゃんが神社に通い出した時点で、なんか事がありそうちゃう? けど、茜ちゃんが神社に行くようになって、もうすぐ一年くらい経つやん。やのに、なんで今? って感じもするけど」

「ずっと我慢してたのが、たまたま今、爆発した、とか？」

そうやろかなぁ、と美咲は首を傾げる。

「言葉に隠された本音を探せ、って宮司さんも言うてはるやん。言うてることが必ずしも本心とは限らへんし、しばらく、様子を見てみたら？」

様子か、と繰り返しながら、茜は美咲の毅然《きぜん》とした態度に、感嘆のため息をついた。

誠との一件以降、やはり美咲はますます、頼もしい存在になった。オドオドとした部分がなくなり、自分の意見を冷静に、はっきりと言うようになった。

そんな凜《りん》とした美咲の姿をかっこいいな、と頭の隅で思いながら、茜は先ほど言われた言葉を心の中で反芻《はんすう》する。

――言葉の裏を読む。

茜はさほど得意ではない。

しかし、もし、この拒絶が葉の本心でないのだとしたら、彼の本心はどこにあるのだろう。

茜は、葉にその本音を見抜いてもらうことで、救われた。葉も心のどこかで、本音を見抜いてほしいと思っているのだろうか。

茜は湯呑みを置き、宣言するように告げる。

「美咲、私、もう一度宇治に行って、何か手がかりを探してみるよ。宮司さんが言っていたことが、本心なのかどうか、勝手に判断して落ち込む前に、調べてみる」

葉と会うかは別にして、と付け加えると、美咲は、茜の瞳を真っ直《ます》ぐ見ながらうなずいた。

三

その日、葉は一人、朝霧橋の上へと向かった。今は午前二時、丁度丑《うし》の刻《こく》と呼ばれる時間帯だ。

道端の蛍光灯には、もう秋だというのに、まだトビケラが集っていた。

綺麗な川の周辺にしか住まない虫ではある。が、その数の多さにはさすがに、いつも平静を心がけている葉ですら疎《うと》ましく思ってしまう。

特に今日はそうだった。電灯の下を通り過ぎるたびに顔や身体に触れるそれらを、葉は乱暴に手で振り払いながら歩く。

だが、苛立《いらだ》っているその根本原因は、実はトビケラではないことに、葉自身は気づいていた。行き場のない鬱屈《うつくつ》した思いを、トビケラのせいにしているに過ぎない。半ば八つ当たりだ。

（……我ながら、浅ましいことだ）

葉は、自分自身の懐《ふところ》の狭さに、ため息をついた。

階段を上り、天ヶ瀬《あまがせ》の方角を背に、川を見下ろし、水面に声をかけた。

「橋姫様、参りました。葉です」

すると、今まで一定方向だった川の流れに変化が生じ、くるくると小さな渦が巻き起こる。

それは、周りの流れを巻き込み、少しずつ、少しずつ大きくなる。

そして、川幅までの大きさになった瞬間、その中心からバシャンと、無数のしぶきが飛んだ。水滴は、円柱形を描きながら橋の欄干の高さまで撥《は》ね上がる。そして、雫《しずく》が全て水面に落ちた時、水柱の中から、白い着物を来た、大きな女性が現れた。

彼女は、頭の先から衣の先まで、全ての部分が半透明であった。後ろから差す月光により、彼女の姿は発光しているように見える。

女性は目を細め、眉を寄せ、そっと葉を見下ろしている。

「橋姫様、どうかされましたか？　気分がすぐれないのですか？」

葉が眉尻を下げながら微笑む。

しかし、橋姫は先と同じ表情のまま、そっと腕を伸ばし、まるで慰めるように葉の身体を包み込んだ。

彼女はこの世の者ではない。だから葉に直接、触れているわけではない。それでも葉は、その透けた腕の中で確かに、彼女の温もりを感じた。

(私を、心配してくださっているのだろうか)

その腕に身を預けながら、葉は心の中で思う。

いつも通りに振る舞っているつもりだったが、橋姫は、自分が普段と異なる様子であることを察したのかもしれない。

(こんな不安定な私であるにもかかわらず、橋姫様は受け入れてくださっているのか……)

世間では、嫉妬に狂い鬼女となった橋姫を、霊や物の怪《もののけ》の同類と見る人間が少なくない。

だが、葉は、それは違うと思っていた。

そもそも、鬼女にまでなるためには、心の内にそれ相応の量の怨念を溜め込む必要がある。鬼と化する人間が少ないのは、単に鬼と化してしまう前に、外に怨念を発散させているからにすぎない。

恨みつらみ、妬《ねた》み、そういった感情を、叫び、罵《ののし》り、何かを破壊することによって放出する。そうすることにより、心の均衡を保っているのだ。

しかし、橋姫は、忍耐強く、心の優しい人物だった。だから一人で、その負の感情をじっと溜め込んでしまった。結果、彼女は鬼女となった。

――橋姫は、他者と比べて特別、嫉妬深いお方ではない。

養父は橋姫について、繰り返しそう葉に説いていた。そして葉も、その考えに同意している。

現に今、橋姫は、自分を抱きしめ、寄り添おうとしてくれている。彼女自身だって、不安な気持ちはあるだろうに。

そんな橋姫の優しさに、葉は唇を噛んだ。

幼い少年を許婚として橋姫に遣わす。選ばれた少年は伴侶を持たず、生涯をかけて橋姫に尽くす。

この風習は、別に橋姫自らがそうしろと命じて始まったわけではない。

嫉妬に狂い、果てには誰彼構わず無作為に人を殺し続けた鬼女、橋姫。そんな彼女を恐れ、その魂を鎮《しず》めるために、周囲の人間がいわば「勝手に」定めた風習だ。

それを橋姫自身がどう思っているのかは、分からない。だが、この風習を始めて以降、橋姫は、前のような厄害が起こらなかったことから、現代まで続いている。

橋姫は、通常、言葉を発することはない。

宇治川氾濫《はんらん》などの大厄災の際に、その危機を伝えるため言葉を発したという伝承はあるが、それ以外では記録にない。

なので、この風習を橋姫自身が良しとしているのか、許婚の背負う運命に対してどう考えているのかは、明確にはわからなかった。

しかし、葉は思う。橋姫自身は、この風習を、もろ手を挙げて歓迎しているわけではないのでは、と。橋姫は、独占欲の強い、嫉妬の塊《かたまり》のような女性では、ない。

もしこの風習が、完全に橋姫の意向に沿うものだとしたら、茜らとの関係に悩む葉を、決して許さないだろう。そもそも、女性が神社を出入りすることすら、看過しないはずだ。

しかし、実際は、そうではない。

葉が女性の相談に乗る最中も、橋姫の態度に明確な差異はなかった。茜や美咲が神社に通い出してからも、橋姫は変わらず、優美で穏やかな彼女のままのように見えた。今だって、心に靄《もや》を抱えた葉を、そっと抱きしめてくれている。

（橋姫様は、皆が言うような、嫉妬深き悪女ではない。だからこそ私は、私だけは、そんな橋姫様を生涯に渡りお守りせねば）

――お前は、全てを断ち切り、橋姫様に身をささげるべき存在や。

一昨日の兄の言葉が、耳の奥で響く。

そうだ。そのとおりだ。

橋姫様の寛容さに甘え、俗人と関わることは間違っている。

それを分かっているはずなのに。

――宮司さんも、変わったよね。表情が、柔らかくなった。

そう言って、嬉しそうに笑った茜。葉はその笑顔を思い出した瞬間、あえて、思考を切った。それ以上考えないようにした。

そしてゆっくり顔を上げると、ふわりと微笑を浮かべた。

「ありがとうございます。橋姫様。でも、これだけは忘れないでください。私はいつだって、あなたのものです。その気持ちに、一片の曇りもありません」

橋姫は目を細めると、透明な掌《てのひら》で、葉の頬をそっと撫でた。


その後、葉は神社へと帰り、一度床に入った。

夜に出歩いた日は、それに伴い朝の支度も遅くなる。葉はいつもより一時間遅く起き、ぼんやりとした頭のまま竹箒で門前のアスファルトを掃《は》いていた。

と、そこに現れたのが、京都府警の田中だった。

「いやぁ、葉ちゃん、やっぱり君の言う通りやったわ！」

葉を見つけるやいなや、田中は元気な声を上げた。彼の声量で、葉の眠気も吹き飛ぶ。

(朝から濃い人物に会ったな……)

そう思いながらも葉は、彼を境内に入れる。彼は着いて早々、本殿の外廊下に腰を下ろし、先日の聴取の続報を切り出した。

「この前取り調べしてた男、アイツがぜんぶゲロったわ。どうやら、あいつはただの実行犯でな。主犯は別におった。あいつは、主犯に弱みを握られとって、良いように使われとったらしいわ」

「なるほど。では、あの首に巻き付いた縁は、その主犯とやらのものであったか」

「たぶんな。実行犯の供述をもとに、主犯も捕まえたんやけど、まぁ、ねちっこいやつでな。聴取の時も、実行犯のことを散々にこき下ろしとったわ。アイツの告げ口のせいで、とか、アイツが失敗せんかったら、とか」

「おそらく、そやつは実行犯のことを自分の駒だと思っていたのだろう。犬の首輪のように、縁で繋ぎとめおって。そんな自分の従順であるべき『犬』が、自らを裏切り白状したことが、許せんのだろう」

「全く、人をなんやと思てんのか」

田中は、さっぱり理解できん、と呟きながら、苦々しい顔つきで首を振った。

「でもまぁ、そんなことで万事解決や。ありがとう。ほら、これ、お年玉」

そう言って田中は、またもやポチ袋を葉に差し出す。

「成功報酬、というやつか」

「あぁ。これで、女友達に、うまいもんでもおごったり」

女友達、という言葉に反応して、葉は顔をしかめる。そんな葉を見ながら田中は、ハハハと笑いながら肩を叩く。

「俺は新人警官の時、よう先代に世話になっとったけど、あの人はもっと砕《くだ》けた人やったで。女の影こそなかったものの、もっと飄々《ひょうひょう》としてるというか、自由な感じがした。やし、葉ちゃんも、あんまり根を詰めんでもええ思うで。たまには息抜きしぃな」

悪気のない田中の言葉が、葉の心に真っ直ぐ突き刺さる。口を堅く結び、立ち上がろうとしたその時だった。

ギィと、神社の脇戸が開く。そこに顔をのぞかせたのは、一人の少年だった。

「なんや、こんな時間に。学校は?」

いきなり大声をかける田中に、少年は肩をすくめる。

「今日は、運動会の振り替え休日!」

少年は、ムキになり言い返した。声の高さと体格から、小学校中学年くらいだと思われる。

田中は、そうかぁと言いながら腰を上げ、「来客みたいやし、帰るわ」と、出て行った。

残された葉は、立ち尽くしている少年に目を向ける。

「参拝であれば、そちらの鈴紐に」

「違う」

少年は張りつめた表情で、葉を見る。

「切ってほしいんだよ。縁を。ここ、縁切り神社なんだろ?」

葉は、目を丸くした。

葉は、本殿の中に少年を通すと、神棚の前に座布団を差し出し、座るよう促した。少年はきょろきょろと辺りを見回しながら、恐る恐る、腰を下ろす。

(落ち着きがないな……)

そう思いながら、葉も彼の真正面に正座をした。

縁切りをしてほしいと、率直に言ってきたわりに、少年は手の指と指をからめて動かしたり、髪の毛を触ったりと、ソワソワしている。

初めての場所に足を踏み入れ、緊張しているだけ、とも取れる。一方で、犯行に及ぶ前の罪人のような様子にも見える。

（ためらっているのか……？）

そう思いながら、葉は話を切り出した。

「で、誰と誰との縁を、切りたいのだ」

すると少年は、「僕と、友達との、縁」とすぐさま答えた。

「ほう、友達なのに縁を切るのか。ケンカでもしたか？」

そう言いながらも、葉は内心ため息をついた。

子どもというのは、すぐに友達との縁を切りたがる。グループを作り群れるものの、何か気に食わないことがあれば、即「絶交だ」などと言って相手を無視する。両手の人差し指をくっつけ、縁に見立てた上で、他人に手刀でそれを切ってもらう、なんて独自の「儀式」をする地域もある。

しかし、所詮は子どもだ。たとえ絶交しても一週間も経てば元通りということが、ざらにある。それらにいちいち付き合うほど、葉は暇ではない。

葉のうんざりした表情を悟ったのか、少年は眉を吊り上げ、身を乗り出す。

「何だよ、その顔。僕は本気なんだよ。本気で健太《けんた》と縁を切りたいんだ！　ああいう友達との縁を『悪縁』っていうんだって、母さんも言ってた」

「なぜ悪縁なのだ？　いじめられでもしたのか」

「そうじゃないけど」と少年は首を振る。

「あいつ、邪魔なんだよ。僕はテニスがあるって言ってるのに、遊ぼう遊ぼうって下校中も付きまとってくるんだ。ホント、鬱陶《うっとう》しい！」

少年の眉間《みけん》に力が入る。その吐き捨てるような口調に、こいつは本当に腹を立てているんだな、と葉は感じる。

（普通に考えれば、その友人に対して怒っているのだろうが……）

葉は今の反応を頭の片隅に置きながら、質問を続けた。

「そなた、子どもながらにテニスをやっているのか。すごいな」

わざと大げさに驚いてみせると、少年は全国大会にも行ったんだ！　と、得意げに鼻の下を擦る。

そして、彼自身のことについて、話し始めた。

少年は、戸田晴馬《とだはるま》という、近所に住む小学四年生の児童だった。

幼い頃よりテニスをやっていて、その類《たぐい》まれな身体能力から「天才テニス少年」などとも呼ばれているらしい。その才能を見込まれ、全国大会にも出場したようだ。

大会で結果こそ出せなかったが、そもそも小学四年で全国まで行けること自体がかなり稀有《けう》であるらしい。晴馬の両親も、彼の将来に期待をしているという話だ。

そんな晴馬が縁切りを望む相手。それは、同じクラスの友達、健太だ。

晴馬は去年の春、親の転勤で関東からこちらに越してきた。

初めての転校に緊張していた晴馬だったが、そんな彼に最初に声をかけてきたのが、健太だった。

健太はいわゆる、『人懐っこいお調子者』タイプで、健太のおかげで、晴馬はすぐにクラスの皆と打ち解けられたという。彼は、運動神経の良い晴馬を気に入り、休み時間も放課後も、常に晴馬を遊びに誘ったらしい。

最初は晴馬も、彼の存在に助けられていた。

だが、やんちゃで加減をしらない健太を、晴馬は徐々に煙たく感じるようになったようだ。

晴馬は、自分がプロテニスプレーヤーを目指していることを、打ち明けていた。

利《き》き腕が大切であることも、練習に集中したいことも。

にもかかわらず健太は、気を使うどころか「すげー！」なんて言いながら、今まで以上に、晴馬に付きまとった。

休み時間は、なるべく体力を温存したいのに、「鬼ごっこやろうぜ！」。

放課後は、すぐにテニススクールに行きたいのに、「俺んちにゲームやりに来いよ！」。

利き腕は大切だから、あまり触れないでほしいと言っているのに、何かの拍子に引っ張ったり、ぶつかってきたり、などなど。

「アイツ、ほんとガサツで乱暴なんだよ！　僕の話なんてちっとも聞いてくれないし。父さんや母さんも、ちょっと距離置いたらって言ってる。だからさ、切ってくれよ。縁を」

晴馬は目に力を込めながら、じっと葉を見つめた。

相手はたかだか小学生だ。依頼料を理由に、追い返すことも可能ではあった。

しかし。

「あいつと僕とは、住む世界が違うんだよ。だから、友達でいたくないんだ」

続けてそう言った晴馬は、目をそらしていた。言葉もやたらと、早口だ。

（……本音では、ないな。なのにわざわざ、口に出すのか）

瞬間、葉の脳裏に、先日の光景が蘇《よみがえ》る。

茜を見下ろし、「住む世界が違う」と吐き捨てた、あの時のことを。あの時の、目を見開く茜の表情を。

「……分かった」

葉は自身の記憶を飲み込むように、ゆっくり深呼吸をした後に、告げた。

「まずは、そなたらの縁を視《み》てやろう。悪縁かどうかは、目視で分かる場合もある。が、それを確実に視るためには、二人が揃っている必要がある。そなた、連れ立ってここに来られるか？」

「そ、それは難しいよ。もうすぐ大会前だし……。今日もこの後練習だし、あ」

晴馬は瞼を上げる。

「ここ、平等院《びょうどういん》に近いでしょ？　明後日《あさって》、そこで写生大会があるんだ。僕、健太と同じ班だし、多分、近くで絵を描くことになると思う。その時こっそり、見られない？」

「平等院、か」

十円玉にも描かれている、宇治屈指の名所、平等院。藤原道長《ふじわらのみちなが》の子、頼通《よりみち》によって建てられた。そのコンセプトは「極楽」だ。

（……天国に一番近い場所、だな）

そう思いながら、葉は、静かにうなずいた。

四

その日、たまたま午後からの授業が休講になった茜は、意を決して、宇治に向かうことにした。

最後に会ったあの日、「金輪際会わない」と冷たい声で告げてきた葉。

なぜいきなりあんなことを言い出したのか、そして、そう言ってきたにもかかわらず、なぜ縁を切らなかったのか。未だにその理由は分からない。

もし本当に、葉が自分のことを疎ましいと感じているのであれば、大人しく彼の元から去ろうと、茜は思っていた。しかし、現時点で、それが葉の本心なのかは分からない。不可解な点がある以上、それを明確にしてから彼の元を去りたい。

(しっかし、調べる、と言ってもなぁ)

京阪の宇治駅を出て早々、茜は頭を抱える。

葉からあれだけ来るなと言われた以上は、真正面から橋宮神社には出向けない。

特にいい案も思いつけなかった茜は、とりあえず、宇治橋周辺をうろついてみることにした。

(あぁ、橋姫様にお会いできないかなぁ……。宮司さんの許婚なんだし、何か知ってそうだもんね。もし、私達の関係を疑っているなら、誤解も解きたいし。でも、こんな真っ昼間に出てこないだろうしなぁ)

そう思いながら、朝霧橋の欄干に手を置き、下を覗き込む。川は、いつもと同じように、ただ悠々と、心地よい音を奏でながら流れている。

水面は太陽の光を浴び、キラキラと輝いている。その美しさは、嫉妬や怨恨という言葉に、全くと言っていいほど似つかわしくない。

（……っていうか、そもそも私、橋姫様に嫌われてるかもだし、顔出してくれるはずないか）

思わず、深いため息が漏れた。

為《な》す術《すべ》もない茜は、目的地もないまま、ふらふらと宇治橋通り商店街を歩く。通りを中ほどまで進み、曲がった先で、ふと見知った顔を見つけた。

（あ、金物《かなもの》屋さん）

去年、茜が初めて宇治に訪れた時に、世話になった金物屋だ。店前に出て、品物の整理をしているようだ。

（あの店主さん、宮司さんのこと知ってたよな……。何か糸口が見つからないかな？）

思い立ったら、即、行動。茜はすぐさま店へと駆けた。

「え、葉ちゃんに変わったことがなかったか、って？」

茜は深くうなずく。

「実は急に、神社から出禁くらっちゃって。でもあまりに突然だったんで、その理由が知りたいんです」

「理由て、そりゃやっぱり、あんたらが橋姫様の嫉妬を買ったからなんとちゃうか？」

「……やっぱり、そうなんですかね」

茜は重いため息をつき、肩を落とす。

「でも、店主さん、見てくださいよ。私の姿を。自分で言うのもなんですが、女子力ゼロでしょ？　こんな女に、橋姫様が嫉妬なんてしますかね？」

店主は改めて、茜をまじまじと見つめる。

無造作にひとくくりにした髪は、毛先に寝癖《ねぐせ》直しのワックスがついている程度で、特別手入れはしていない。フード付きパーカーに、下はジーパンという、色気の欠片《かけら》もない姿の茜を見て、店主は「確かに」と呟いた。

「ねー。男友達にも言われますもん。『女として見れない』って。だから、他に原因があるんじゃないか、って」

「原因ねー」と首を傾げた店主は、不意にあっ、と声を上げる。

「そういえば、最近圭くんを見たで」

「圭くん？」

今度は茜が首を傾げる。

「あぁ。葉ちゃんのお兄さん！　先代以上に、葉ちゃんに厳しいねん」

先代以上？　と尋ねると、せや、と店主は、その詳細を教えてくれた。

橋宮圭。橋宮家の長男で、葉の兄。二十四歳。京都大学の宇治キャンパスで、大学院生をしているらしい。

　長男として、橋宮神社を気にかけているらしく、月に一度ほど、こちらに来ているそうだ。

「長男の責任感、言うんやろか。代々続く、橋宮のしきたり、っちゅうのに煩《うるそ》うてなぁ。葉ちゃんの言葉遣い、生活態度、振る舞い、それに神社の運営方法まで、何かと口出してくるんや」

　ここで茜は、葉が時代劇の人物のような話し方をすることに、改めて気がついた。

「あの話し方って、先代の方の教えじゃないんですか？」

「ちゃうちゃう、圭くんの指導で、や」と言いながら、店主は手を顔の前でヒラヒラと振る。

「圭くんは妙に生真面目《きまじめ》でな。相手の本音を引き出すには、宮司を『神がかり的な存在』と思わせた方がより良いと提言したらしいわ。ほら、わしらも、白衣着た人の意見には従ったりするやろ？　今風に言うたら、ほれ、キャラ作り、いうのかなぁ。あの話し方は、それの一環や。その方が、普通の人間とは違うって印象を持たれるし、ってな。服装も、生活様式も、『橋宮神社の宮司』を神秘的に見せるための、いわば演出や」

「キャラ作り⁉」

　思ってもみない言葉に、茜は驚きの声を上げる。

「せや。先代は、ヨレヨレのフリース着たりもしとったけど、葉ちゃんはそんなことせん。食べもんも、外との交流も、先代のじーさんの方が制限なかったしな。今のカッチリした感じは全部、圭くんの差金《さしがね》や」

「そうなんですか」と、茜は口をあんぐりと開ける。

　店主はあぁ、と言いながら、横に置いてあった金属鍋の蓋《ふた》を爪《つめ》でコッコッと叩く。

「じーさんがたまにぼやいとったわ。圭の言い分はもっともやが、少し堅苦しすぎる、なんてな。が、じーさん自身がええかげんな人やったし、圭くんに苦言を言うと百個くらい言い返ってきたそうやわ。『貴方が頼りないから、私が代わりに指導している』って」

「頼りなかったんですか？　先代の方は」

　店主は「いいや」と首を振る。

「縁切りの腕は一流やったで。縁を視る力も凄《すご》うて、警察から相談され出したんも、先代からやったらしいわ。その一方で、格式とか作法にはあまり頓着《とんちゃく》がのうてな。さっき、フリースの話したやろ。そんなかっこで街を歩くもんやから、橋宮家の中には、『権威が下がる』と、眉をひそめるもんも多かったらしい。それもあって、橋宮の本家から圭くんがちょこちょこ来て、葉ちゃんを指導しとったんや。葉ちゃんを厳しく束縛しているのは、橋姫様いうより、圭くんなんちゃうか、とも思うなぁ」

「もしかして」と茜が身を乗り出す。

「その、お兄さんって、細身で、センタープレスの入ったズボンに、先の尖った革靴、とか、履いてませんでした？」

そんな細かいこと知らんけど、と言いながら、店主は、思い出すように目線を上にやる。

「確かに細身や。スラッとしてて、髪は、あの年やのに白おてな。葉ちゃん以上に美形やねん。まるで、白蛇様の化身みたいな」

なるほど、と、茜は思った。

きっと、灯り絵巻の後に見かけたあの足元は、葉の兄、橋宮圭のものだったのだ。

厳しい兄に私達とのことがバレて、それで葉は急に、私達に別れを告げた。それなら全て合点《がてん》が行く。

「店主さんは、その、宮司さんが、お兄さんのやり方に全て納得していると思っていますか？」

店主はさあなぁ、と言いながら首を傾げる。

「歌舞伎《かぶき》や相撲《すもう》もそやけど、ああゆう世界は、わしらの常識が通用せんやろ？　しきたりとか伝統とかを盾《たて》にされたら、あぁ、そういうもんですかーと言わなしゃーない。やし、たとえ納得できんでも、受け入れるしか仕方ないんちゃうか？　それが定めなんやったら」

——定め。

その言葉を聞いた瞬間、茜の中で、蓋をしていた感情が、ふと、蘇《よみがえ》る。

葉は、どこか儚《はかな》げで、憂《うれ》いを帯びている。それは、彼自身が抱える孤独のせいなのでは、と、茜は常々思っていた。

葉を追い詰めるもの。

それは、橋姫様でも、橋宮神社でもなく、彼の背負う「厳しすぎる定め」なのではないだろうか。

そしてそれは、仕方ないの一言で、片づけてもいいものなのだろうか。

確かに、しきたりも伝統も大切だ。でも、より大切なのは、葉自身の気持ちなのではないか？

初めて葉の『定め』を耳にした時の違和感。

くすぶっていたその感情は、今更ながら、追い風を受け、茜の中で少しずつ再燃していく。

（その辺りの話を聞くためには、やっぱりその『お兄さん』とやらに会う必要があるか……）

茜は顔を上げて尋ねた。

「京都大学の宇治キャンパスって、あの、黄檗《おうばく》駅のところですよね？　白髪で美形なら、ぱっと見で、分かりますよね？」

店主は、「あぁ、よう目立つ」とうなずいた。

五

晴馬の写生大会の日。

白シャツ姿の葉は、朝からひと足早く、平等院の赤門をくぐった。

（紅葉も、もうすぐといったところか……）

京都で紅葉といえば、東福寺《とうふくじ》や南禅寺《なんぜんじ》が有名であるが、実はここ、平等院の紅葉が一番なのではないかと、葉は密かに考えていた。

ここの紅葉は時期が遅く、十二月上旬でも十分楽しめる。その頃には観光客が少なくなっているので、紅葉と鳳凰堂《ほうおうどう》の朱を独り占めできるのだ。

（そういえば、昔はよく来ていたのに、爺様が亡くなってからはあまり、来ておらんかったな）

そう思いながら葉は、ゆっくりと鳳凰堂の正面に立つ。

『地上に極楽を造る』ことを意図して建てられたこの阿弥陀《あみだ》堂は、何度来ても、変わらず美しい。

池の中心に浮かぶようにも見えるその本殿は、眩《まぶ》しい朱色だ。まるで鳳凰が羽を広げたかのように、左右対称に建てられている。荘厳とは、このような建物のことをいうのだろう、としみじみ感じる。

「この世の、極楽、か」

そう小さく呟きながら、葉はその雅な風景の中に、養父の影を思い浮かべた。

先代である養父は、この場所が好きだった。

人気のない時間帯を選んでは、葉を連れここを訪れていた。そして、真正面からこの本殿を、ぼんやりと、何十分も眺《なが》めていた。

退屈な葉は、池のほとりにしゃがみこみ、小石を投げ入れたり、亀《かめ》や鯉《こい》に触れようと手を伸ばしたりしていた。

（今なら、少しわかるな。爺様の気持ちが）

ここは地上の極楽、つまりは天国だ。

死んだ先では、自らの定めも、宿命も関係ない。身体から抜け出た、ただの、一人の魂があるだけだ。

ここでぼんやり、楽園の風景の中に溶けていると、自分の生業《なりわい》を忘れられた。『橋宮神社の宮司』ではなく、ただの、なんの肩書も持たない自分になれる気がした。

中堂《ちゅうどう》の窓から覗く阿弥陀如来《にょらい》には、自分も、他者も、同じように映っていることだろう。それが何だか、葉の心を軽くする。

（爺様も、今の私と同じような気持ちで、ここに立ち、この光景を眺めていたのだろうか。ならば爺様も、私と同じような感情を、抱くことがあったのだろうか）

脳裏を過《よぎ》ったのは、幼き日の光景。池の鯉からふと視線を上げた時に入ってきた、養父の姿。彼は目を細め、ただただじっと阿弥陀様を見つめながら、一人、立ち尽くしていた。

と、その時だ。

「はい、整列」

けたたましいホイッスルの音が、静かだった景色を割く。

教師と思われる女性がぞろぞろと引き連れているのは、黄色い帽子を被った小学生たちだ。

葉はすぐに、松の木の陰に隠れる。

「はい、今日は、この鳳凰堂を写生してもらいます。みなさん、班ごとに固まって、スケッチを開始してください。今から十一時まで時間を取ります。それでは、はじめ！」

号令がかかるやいなや、生徒たちは一斉に散らばる。

葉はその中から、晴馬と健太を探し出す。

（……いた）

晴馬は四人班と思われるグループの最後尾にいた。皆を先導しているやんちゃそうな男子が、健太だろうか。

葉は後ろからそっと、近づく。

「ここにしようや！　亀がよく見える！」

黄色い帽子のつばを後ろ向けにした男子は、そう言いながら建物のやや左側、池のほとりに陣取る。

「ちょ、健太。亀描いてどうすんの！　建物を描くねんで！」

呆れた口調で続く女子の言葉を無視し、少年は晴馬の首に腕を絡める。

「な、晴馬も亀、見たいだろ？」

すると晴馬は、目をそらしながらも「あぁ……」と控えめに答えた。

（やけに大人しいな。神社に来ていた時は、健太とやらをこき下ろしていたのに）

疑問を感じながらも、葉は後ろの草陰から、健太と晴馬を観察した。

皆が腰を下ろし、画板を膝の上に置く。健太と晴馬は、隣り合って写生を始めた。

健太は亀やら本殿やらを見ながら、一心不乱にスケッチをしている。絵を描くことが、嫌いではないらしい。

一方の晴馬は、チラチラと健太の横顔をうかがっている。写生すべき建物は彼の右前方にあるにもかかわらず、三角座りしたその足先は、心なしか左斜め前、左隣の健太の方に向いている。

（つま先を相手の方に向けるのは、好意の証、ではあるが……）

早合点してはいけない、と葉は思う。普段から健太は乱暴だと、晴馬は言っていた。彼の挙動に怯《おび》え、構えるためにそちらを向いている可能性だってある。

だが、健太は一向に、晴馬に絡む様子はない。夢中で絵を描き、集中が切れれば、横に置いた水筒からお茶をラッパ飲みしている。たまに「調子どうや？」なんて言いながら晴馬の画板を覗き込むことはあるが、それだって高い頻度ではない。

（思っていたより、普通ではないか）

そう、普通なのだ。

確かに、先の言動等で、彼が「やんちゃな少年」であるという印象はあったが、それは通常のラインを大幅に逸脱するものではない。

後ろから見る限り、「仲良しの友達同士」といった風だ。それ以上でもそれ以下でもない。

(一応、見ておくか)

葉はスッと目を閉じると、神経を集中させ、瞳に朱色を宿らせた。

「透糸眼《とうしがん》」だ。

そっと目を開け、二人を視る。二人の間には確かに、縄跳びほどの太さの紐が見える。

(……ほう)

葉は顎《あご》に指を置く。

晴馬の方に巻き付く縁は、腕を一周ほどしている普通のものだ。

が、それに対して、健太の方に絡む縁は、彼の掌にぐるぐると何重にも巻き付いている。葉にはそれが、手を離さないでと懇願しているようにも見えた。

晴馬の縁が、健太の手に、絡んでいる。それは、晴馬側の、健太への思いの深さを示す。

（言っていたことと、真逆だな）

彼は、健太を悪友だと罵り、縁を切りたいと言っていた。一方で、彼は健太の隣で絵を描き、その態度から、嫌悪の感情は読み取れない。

（と、すると、縁切りしたい原因は別にあるということか……）

健太が嫌だから縁を切ってほしいのではなく、縁切りしてほしいから、その理由を無理やりこじつけたのだ。

（茜の時然《しか》り、か。心理学やらでも、語られているパターンではあるな）

葉は静かにため息を吐くと、そっと、その場から離れた。

縁切りをしてほしい、本当の理由。ふと、彼の「住む世界が違う」という発言が頭を過る。

「住む世界」とは、何を表しているのか。晴馬は天才テニス少年と呼ばれている。おそらく彼は、天才と呼ばれる自分と、平凡な健太との立ち位置を引き合いに出しているのだろう。

（行ってみるか。やつの通うテニススクールとやらに）

葉は一人でうなずくと、平等院を後にした。

その日の夕方、晴馬が橋宮神社を訪れた。来訪を予想していた葉は、姿を見るや、「入れ」と、彼を本殿の中に促した。

「どうだった？　僕達の縁。悪縁だっただろ。切れそう？」

そう勢いよく口火を切る晴馬に、葉は言った。

「そなた……私を舐《な》めているな？」

晴馬は息を止め、眉を上げる。

「私が、悪縁かどうかも判断できないと踏んで、縁切りを依頼したのだろう。全《よ》く、舐められたものだ。地元の人間からは一定して信用されておるが、そなたは他所《そ》から来た人間ゆえ、そこまで信じてはおらんのだろう。縁切りとて、眉唾《まゆつば》ものだと、内心思っているのでは？」

「そ、そんなことないよ！　あ、悪縁だよ！　あいつとの関係は。だって、いつも僕の邪魔ばかり」

「確かに彼は、一見わんぱくな少年に見える。が、それは通常の範囲内だ。度が過ぎて元気な生徒にはな、見張りとして教師が近くに付くのだ。課外授業の際に何かあってはいけないからな。しかし、そんな教師も見当たらなかった。つまり健太という少年は、そなたが言うほど粗暴でも無茶をする人間でもない、ということだ」

晴馬は唇を強く結ぶ。

右手に添えられた左手は、しきりに動いている。自らを擦って落ち着かせようとしているのだ。

「ぼ、僕が嘘をついてるって、言いたいの？」

その言葉に、葉は首を振る。

「そなたが健太を疎ましいと感じることがあるのは、本当のことなのだろう。しかし、そこでそなたが感じる嫌悪の感情は、健太の行動によって起こるのではない。そなた自身の『葛藤《かっとう》』から生まれるものだ」

「葛藤……？」

葉は「そなた、最近スランプだそうだな」と、晴馬の目を見つめながら、真っ直ぐに言った。

「テニススクールの講師にも、親にも、そのことを咎《とが》められているのだろう。その原因を健太に押し付け、縁を切ることで、解決を試みている。違うか？」

「なっ……」

晴馬がバンと、床を叩いた。

「違うよ、スランプの原因を擦《なす》り付けてるんじゃない！　ほ、本当にそうなんだよ！　母さんたちも言ってた。健太のせいでテニスに集中できないから、成績が落ちてるんだって。だから僕は」

「集中できないのが健太のせいだとして、それは本当に、健太に責があることなのか？　縁を切れば、全て解決することなのか？」

そして、揺れる晴馬の瞳と真正面から対峙《たいじ》しながら、言う。

「答えは、否《いな》、だ」

晴馬はぐっと押し黙る。

葉は静かに続けた。

「写生大会の時、離れればいいものを、そなたは自然と、健太の横に座ったな。足先もそちらを向け、健太の言葉にも耳を傾けていたな。その姿からは、不快の感情を読み取ることはできなかった。そなたは、友達として、健太が好きなのだろう？　本当は、テニスなんかよりもっと、彼と夢中になって遊びたいのではないか？」

葉は、そう晴馬に告げながら、ふと、自分の胸にも痛みが走るのに気がついた。

が、それを無視して、再び口を開く。

「縁切り依頼に来た時、健太がいかに鬱陶しいかを語っていたな。その時のそなたからは、嫌悪の感情が読み取れた。だが、それは健太そのものに対する嫌悪ではなく、健太との友情関係に身一つで飛び込めない、そなたの現状に対しての、ものではないか？」

晴馬は黙ったまま、床を見つめている。

その震える小さな肩を眺めながら、思わず葉は、こんな言葉をかけていた。

「そなたの気持ちは、分かる。息苦しいのだろう？　今の状況が。神童だ、天才だと騒がれ、全てをテニスに注がざるを得ない、今、が」

だがな、と葉は語りかける。

「縁というものはな。人為的に、一度切ってしまえば、再構築は難しい。だから縁切りは、易々《やすやす》と行ってよいものではない。そなたは、今一度、自らの本音と向き合うべきなのではないか？　そして、解決策を探れ。縁切りといった、人任せで終わる方法を取らずに、自分で打開策を見つけろ。そうしなければ、お前の『本音』は、いつまでも一人ぼっちだ。そんな一人ぼっちの本音に、手を差し伸べられるのは、そなた《そなた》自身しか、いないのだぞ？」

そう晴馬に語りながら、一方で葉は、一体誰に向けて、この言葉を発しているのだろうと思った。

なぜ、「気持ちが分かる」なんて、口走ってしまったのだろう。

違和感の正体に向き合う前に、晴馬が言葉を発する。

「なん、だよ……」

そして顔を上げると、目を潤ませ、身を乗り出して叫んだ。

「そんなこと言わないでくれよ。人の気も知らないで！　僕は、みんなの期待を背負ってるんだ！　父さんも母さんも、先生も、僕を信じてくれているんだ！　僕

は、健太たちとは違う、特別な人間なんだ！　あんたなんかに、何が分かるってい
うんだ！」
「分かる。そなたの気持ちは。なぜなら」
そして葉は、一呼吸も置かずに、ハッキリと告げた。
「私も、同じ悩みを抱いているからだ」
口から溢《あふ》れた言葉が、自らの鼓膜をも揺らす。
晴馬は、え、と一瞬、固まった。
葉は呼吸を整え、言葉が溢れるままに、発する。
「……私は、この神社の宮司だ。その定めゆえ、仕事以外で、外界と関わってはい
けないのだ。それを覚悟の上で、私はここの宮司になった。しかし近頃、その思い
が、揺らぎ始めている」
自分の声は、思った以上に震えていた。
だが、葉は、じっと晴馬の瞳を見つめながら、諭《さと》す。
「信念、覚悟。その感情は、確かに揺るぎがないはずなのに、ここに来て、別の思
いが芽生え始めたのだ。一人の人として、何にもとらわれず生きてみたい、という
思いだ。もちろん、それは我ままでもある。その自覚は、十二分にある。だから私
も、葛藤している」

でもな、と、葉は続ける。

「その葛藤に、安易に決着をつけてはならんと思う。比べる対象を天秤《てんびん》にかけ、軽い方、邪魔だと思う方を排除する。簡単だ。しかしそれをしてしまえば、そなたは、私は、いつかきっと後悔する」

そしてじっと、震える晴馬と目線を合わせた。

「縁切りは、くせになるのだ。全てを人のせいにして、全ての縁を切って、切り続けて、残るものはなんだ？　テニスか友か、どちらかを選ばなければいけないとしても、きっと、他にも道はある。それを探れ。晴馬。そなたなら、できる」

葉は、優しげに目を細め、じっと晴馬を見つめていた。

晴馬は、キュッと唇を噛んでいた。が、ある瞬間、ふぅと大きく息を吐いた。

「なんだよそれ。すげー大変そう……」

納得したかのような、諦《あきら》めたかのような、そんな声色だった。

葉は立ち上がると、そんな晴馬の柔らかい髪を、クシャッと撫でた。

「相談だけなら、いつでも乗る。共に、探ろう」

晴馬が葉を見上げる。彼は、眉尻を下げながらも、小さく微笑んだ。

晴馬を敷地の外まで見送り、再び脇戸を潜《くぐ》る。と、そこにはじっと葉を見つめる、紫の姿があった。

「……紫様」

葉は眉を寄せながらも微笑し、手を差し出す。が、紫は踵《きびす》を返すと、ピョンと塀の上に飛び上がり、どこかに行ってしまった。

（人のことは偉そうに言うくせに、自分は、何一つ、できておらんな。本当に、中途半端だ）

葉はため息を一つ吐くと、空を見上げた。と、灰色の空から、雫が、一滴、二滴、ぽつ、ぽつ、ぽつと落ちてくる。

（……これは、結構降るな）

そう思いながら葉は、ふと、自分がかつてほど雨を疎ましく思っていないことに気がついた。

以前は、少しでも雨が降ると、境内は水で溢れ、ぬかるみが二日は続いた。だが、今は側溝が十分役割を果たしているため、水たまりもあまりできず、そこまで憂鬱ではない。

側溝の掃除を終え、泥だらけになりながらも誇《ほこ》らしげに微笑む、あの日の茜の姿が頭を過った。

（もう、あやつは来ないのか）

葉は視線を落とすと、そのまま下駄を脱ぎ、一歩ずつ、本殿の階段を上がった。

六

同じ頃、茜は、京都大学の宇治キャンパス前にいた。理由はもちろん、葉の兄、橋宮圭に会うためだ。

美咲の忠告どおり、傘を持ってきたのは正解だった。今まさに雨が、ポツリポツリと降り始めたのだ。

(神社、大丈夫かな? ホントなら来週あたりに、また掃除しようと思ってたんだけど……)

もう行けないんだよな、という気持ちが、ひりりと心に沁《し》みる。

茜は傘を広げると、キャンパスの芝生に立つ時計を見上げた。先ほど声をかけた学生の話によると、そろそろ研究室が閉まる時間帯だそうだ。

(とは言っても、本当にここで会えるかな……)

辺りをキョロキョロと見渡す。

このキャンパスには、左京《さきよう》区の吉田《よしだ》キャンパスのような「ザ・門」という形の門はない。

大学の敷地と外を隔《へだ》てる壁もなく、あるのは芝生《しばふ》と階段だけだ。

敷地はおわん形になっており、その底の部分に校舎がある。外に出ようとする人は皆、坂を上る必要がある。

生徒と思われる人たちが、目の前の階段を利用しているようなので、一応茜もその付近で待ってはいる。が、そこ以外から外に出る人もちらほらおり、本当にここで圭をつかまえられるのか、確信が持てなかった。

空は暗いし、日も暮れて、おまけに雨まで降ってきた。徐々に、心にも雲が立ち込める。が、茜は、自身に活を入れる。

(大丈夫。今日が無理でも、また来ればいいんだから。とにかく、お兄さんと話をしてみないと)

と、その時だった。

トレンチコートを着た、白髪の青年が、視界の端をかすめる。

透明のビニール傘を差し、真っ直ぐな体の軸をぶれさせずに階段を上る男性。

茜は彼の足元に目をやる。先の尖った、茶色い革靴だ。

「あ、あの！」

茜は咄嗟に、彼の前へと飛び出る。

「は、初めまして。私、豊島《とよしま》茜と言います。あなたは、橋宮葉さんのお兄さんの、圭さんですか？」

青年は一瞬目を見開く。

圭だと半ば確信していた茜は、「今日はお話ししたいことがあって来ました。お時間ありますか？」と続ける。

青年は最初こそ驚いた表情だったが、すぐに緩やかな笑みを見せた。そして「あなたが。そうですか」と、優しく目を細める。

「いかにも、私が橋宮葉の兄、圭です。この天候の中、わざわざ私を待ってはったんですか？　かたじけない」

京都弁のイントネーションで、穏やかに語りかけてくる。

「こんなところで立ち話もなんです。店にでも、入りましょうか？」

その柔らかな声に少々戸惑いながらも、茜はコクリとうなずいた。

「立ち話でもなんだし、店に入る」といった時の「店」。そういった店に選ばれるのは、気軽に話ができる、喫茶店やチェーンのコーヒーショップだと思っていた。

なので、茜は今の状況に頭が混乱している。

「ここのコースは、値段の割に美味しいんですよ。学校からも近いし、よく来ているんです」

そう言いながら圭はメニューを開いた。

茜も、渡されたそれの、値段だけをざっと拾う。

確かに、フランス料理店のディナーコースのわりには、三千円からとリーズナブルだ。

案内されたフランス料理店は、大学近くの住宅街の中に、ひっそりと佇んでいた。こぢんまりした店内はカントリー調で、静かだ。

一番安いコースにすぐさま決めた茜だが、メニューは広げたままだった。

品書きを丁寧に見ているのであろう圭の姿を、メニューの端から顔を覗かせ、盗み見る。

(やっぱり、似てるな。宮司さんに)

黒と白。髪の色こそ対照的だったが、葉と圭はよく似ていた。

切れ長の涼し気な瞳。筋の通った鼻先。そして白い肌。

しかし、白髪である圭の方が、より神々しい雰囲気を纏《まと》っている気がした。金物屋さんが「白蛇の化身」みたいなたとえ方をしていたけれど、その比喩《ひゆ》の上手さに感嘆した。彼の美しさは、正直人間離れしている。

「どうしました? 選びましたか」

彼の姿をじっくりと見つめすぎた茜は、圭がすでにメニューを置いている事実に気がつかなかった。ビクリと肩を震わせ、「はいっ」と、かろうじて言葉を返す。

圭は、茜の注文を聞いた後、慣れた様子で店員を呼んだ。その間茜は、どうやって事を切り出すか、考えあぐねていた。

「茜さんは、関東出身なんですね」

不意に向こうから急に話題を振られ、驚いた茜が、え、と間抜けな声を上げる。

「言葉のイントネーションで分かります」と彼は笑った。

「葉から聞いています。最初は縁切り目的で神社に来はったんが、その後は、神社の世話をするために通てくれてはった、とか」

「ええ、はい……」

茜は頰を人差し指で搔く。

（掃除のこと、お兄さん知ってたんだ……）

「特に、溝のことは私も気がつきませんでした。昔から詰まっていて、その状態が当たり前なのだと、葉共々考えていたものですから。水はけの悪い土地だとばかり思っていた。それが、茜さんのおかげで見違えるようになり……」

圭は「今まで本当に、ありがとうございました」と続けた。

その言葉が、すでに過去形、終わった事象を表していることが、茜の心をざわめかせる。

「あの、私、よかったらこれからも神社に」

「その必要はありません」

圭は茜の言葉をはたき落とすように返した。

「葉は、あなたに何か言うてませんでしたか。もしまだなら、私から言いましょう。金輪際、葉と関わるのは止めていただきたい」

圭は穏やかな表情のまま、面と向かってハッキリと茜に告げた。

一瞬、息を止める。

が、これではいけない、とすぐに我に返る。その理由を尋ねに、わざわざ雨の中ここまできたのだ。

「それは、なぜ、でしょう？」

震え声の茜に対し、圭は、

「あなたの存在が、葉にとって、邪魔だからです」

と、ためらう素振りもなく告げた。そして、冷ややかな笑みを浮かべながら、

「理由は、主に二つですね」と続けた。

「まず、一つ目は……やはり橋姫様のことです。縁切りに訪れはったんですから、橋姫様のことは多少はご存知でしょう」

茜がうなずくと、圭は再び話し出す。

「彼女は、全ての縁を切り裂いてしまうほど、嫉妬深い神様として有名です。そんな彼女の許婚である葉が、他の女性とつるんでいたら、たとえそこに浮わついた感情がなかったとしても、誤解を生む。千年もの昔、彼女は嫉妬を拗《こじ》らせ暴走し、次々に人を殺していった。そんなことがもし現代で起きたらどうするのですか？」

　膝の上に置いた拳《こぶし》を強く握る。

（やっぱり、そうなのか……）

　黙り込む茜をよそに、圭は「二つ目は」と続けた。

「葉のことです。あれは、代々続く橋宮神社の宮司。宮司は俗世間から離れ、自らの一生を橋姫様だけに捧げると決まっております。しかし、あなたが来てから、あやつは自らの使命を軽んじるようになった。ジャンクフードを食べ、頻繁に外出をし、仕事以外でも外と交流を持つようになった。これは、伝統を守るべき橋宮家にとって、由々《ゆゆ》しきことです。そして、そのきっかけは、茜さん、あなたにある。違いますか」

　茜は、口を真一文字に結ぶ。

　自分が葉にとって、邪魔な存在である。これは葉自身からも言われたことではあったが、第三者から改めて告げられると、より辛いものがあった。

　一方で、自分が本当に、葉にとって邪魔なだけの存在なのか、葉の意志、そして橋姫様の意志はどうなのかを、再確認する必要があるとも思った。

しつこいという自覚はあった。だが、痛くても、辛くても、自分が納得できるまで、しっかりと突き詰めなければいけない。そのために、ここまで来たのだから。

重々しい雰囲気の中、一品目が運ばれてくる。前菜の盛り合わせだ。

「来ましたよ、食べましょう」

圭はそう言うと、茜より先にナイフとフォークを取った。

普段なら「おいしそ〜」などと言いながら真っ先に料理に食らいつく茜だったが、今日は、そんな気分にはなれない。

「いくつか、お伺いしたいことがあります」

茜はフォークに手を付けず、掌を膝に置いたまま圭を見つめた。

「まず、先ほど圭さんは、私が宮司さ……いえ、葉くんの邪魔をしている、と仰《おつしや》ってましたよね。それは、具体的には、私が、定めに沿って生きるべき葉くんを、邪《よこしま》な方向へ誘導している、という意味で合ってますか？」

「えぇ」と圭は静かにうなずく。茜は努めて冷静に続けた。

「でも、そもそも、橋宮神社の宮司というものは、それほどまでに定めに縛られなくては、いけないものなんでしょうか？　縁切りという業務さえ、きちんと果たせれば、よい、というものではないのですか。他の神社の宮司さんは、そこまでストイックではないと思うのですが」

　すると圭はゆるりと口角を上げ、「うちの神は異質ですから」と呟く。

「人を神格化して祀《まつ》る、ゆうんは、そこまで珍しいことちゃいます。京都なら、晴《せい》明《めい》さんを祀った晴明神社。太閤《たいこう》さんを祀った豊国《とよくに》神社。祟《たた》りを鎮めるため、というんなら、菅原道真公《すがわらのみちざねこう》の北野天満宮《きたのてんまんぐう》もありますし、縁切り神社で名の知れる、安井《やすい》金比羅宮《こんぴらぐう》もそうです。が、それらは全て、ただ『祀っている』だけ。敬っているだけなんです」

　一方で、と圭は続ける。

「橋宮神社は、そもそも特殊な神社です。化け物と化した橋姫様を鎮めるため、主祭神は、神社の宮司と婚姻の契《ちぎり》を結ぶ。お互いを一対一で束縛する関係なのです。だから橋宮神社に宮司は一人だけ。巫女《みこ》も禰宜《ねぎ》もいない。葉も二十歳《はたち》を過ぎれば、橋姫様の夫となる予定です」

　そして圭は、フォークを置く。

「つまり、橋宮神社の宮司は、よその神社の宮司とは、役割が異なるんですよ。全くと言っていいほどに。普通の宮司であれば、私生活をここまで規則で縛られへんでしょう。しかし、うちの宮司は違う。違うから、他と比べても意味はありません」

「でも」と、茜は口を挟《はさ》む。

「先代の宮司さんは、今よりもっと自由だったって、近所の人が言ってました。葉さんの代になってから、急に決まりが厳しくなるなんて、少し変じゃないですか？　決まりって、ずっと昔からあったものなんでしょう？　なんでいきなり」

「緩んできたからですよ」

必死に食らいつく茜をよそに、圭は、涼し気な表情を崩さない。

「しきたりといった風のものは、時代が経つにつれ、緩んでいく。特に先代の時はもう、橋宮家の人間皆が眉をひそめるほどに弛《たる》みきっていました。それでも彼が宮司の使命を務めきれたんは、ひとえに、橋姫様と先代との絆が強かったおかげです。しかし、葉はどうです？　まだ婿《むこ》入りもしていない段階でこれでは、先が思いやられます。だから少々、紐を締め直した。それだけです」

茜は、じっと圭を見つめながら、唇を噛む。

今まで、葉と触れ合ってきたが、彼が「たるんだ」人間であるなどとは、全く思わなかった。むしろ、真面目すぎるくらいなのでは、と感じていた。

そんな疑問を主にぶつけると「それは茜さんが、葉と一般市民を比べているからら、そう感じるのです」と答えた。

「確かに、一般人と比べれば、葉はたるんだ人間とは言い切れないでしょう。しかし、彼は特別な存在。そうあるためには、もっと自らを律する必要があるのです」

特別な、存在。

茜と葉の住む世界に、境界を引くための言葉だ。

茜は、以前、葉自身の口からもそんな言葉を聞いた気がした。特別な存在だから、我慢して当然。自由がなくて、当然。

その考え自体に、茜は引っかかる。そしてふと、思う。

もし自分が葉の婚約者、橋姫の立場であったなら、自らのせいで恋人が制限された生活を強《し》いられることを、どう思うだろう。

「それは、橋姫様のご意向、なんですか？」

茜が尋ねたとたん、圭は片眉をピクリと上げる。

「ええ、そうですよ」

その言葉は、先ほどより少し上ずっているように聞こえた。

「最近、紫という名の黒猫を、あの神社で見ますか？」

紫……と、いきなり出てきた単語に驚きつつも、茜は記憶を辿《たど》る。

ツンツンしている、あの子猫だ。そういえば、最近は滅多に見ない気もする。

「あの紫という子猫は、橋姫様の化身です。本能が具現化した、とでも言うのでしょうか？」

圭の言葉は淡々としていたが、茜はその言葉の意味がすぐには理解できなかった。

橋姫様の化身？　ということは、あの猫は、普通の子猫じゃないってこと？

その時、以前感じた違和感を思い出す。

茜が初めて橋宮神社を訪れたのは一年前。それから今までに一年の歳月が経っているにもかかわらず、紫はずっと、幼い子猫のままだ。

「千年もの昔、橋姫様は、貴族の娘でした。しとやかで忍耐強く、おとなしい女性だったと言われています。そんな彼女が、怒りと嫉妬に飲まれ、身を鬼へとやつしていく最中、幼き頃の自分、こうありたかった姿の自分を切り離し、子猫の形に具現化したもの。それが『紫様』です。紫様は、自由で、素直で、いつだって感情がむき出しです。だから、紫様を見れば、彼女の本意が分かる」

そういえば、と茜は思う。

最初に神社を訪れた時、紫は、自分を慰めるように、いたわるように体を擦りつけてきた。

しかし、茜が神社に通うようになってから徐々に、紫は茜に懐かなくなった。足を踏まれたり、引っかかれたりもした。

（それは、橋姫様の気持ちと連動してたってこと……？）

茜はテーブルに目を落とす。

手付かずのままの前菜プレートの横には、いつのまにかスープにパン、そしてメインディッシュの豚肉のコンフィまでが置かれていた。

気を取り直したくて、取っ手の付いたスープ皿を手に取り、一口すする。

ジャガイモのポタージュは、すでにぬるくなっていた。

「先日、橋宮神社を訪れた時、紫様は本殿の屋根に上り、じっと私を見つめていました。こちらに寄ってくることも、何かをねだることもない。明らかにいつもに比べ、様子がおかしかったのです。すぐにピンときましたよ。葉と紫様の関係に、溝が出来ているのでは、と」

「その原因が私、だということですね」

圭はええ、と言いながら口角を緩く上げる。

（あぁ……）

茜は宙を見つめる。

（それじゃあ、もう、為す術がないな）

以前、美咲は言っていた。一年年以上通う茜に、今更橋姫様は嫉妬するものなのかな、と。

金物屋さんは言っていた。葉を厳しく束縛しているのは、橋姫様ではなく、圭なのではないか、と。

その二つの意見を、暗闇に浮かぶ灯台の明かりのように信じて、ここに来た。

だが、それは結局、自分の中での、都合のよいストーリーだったのだ。

（紫ちゃんが、橋姫様の化身なら、通うたびに懐かれなくなった理由もわかる。私はやっぱり、愛し合う二人の間に割って入る、邪魔者でしかなかったのか）

やりきれない思いのまま、茜は豚肉の欠片をガブリと噛んだ。肉汁《にくじゅう》が口の中に広がる。

茜は、口に入ったそれを、何度も何度も、飽《あ》きるほど咀嚼《そしゃく》して、喉に流し込んだ。行き場のないこの感情を、肉と共々、押し流してしまいたかったのだ。

すると、圭が優しい声で言う。

「分かっていただけましたか？　葉は、私を差し置いて橋姫様の許婚に選ばれた身なのです。選ばれた以上は、古《いにしえ》からの義務に、きちんと従ってもらわねば。それが彼の、宿命なのです」

それは、今の話の総括のような、勝利宣言のような発言だった。

うなだれながらも、茜はふと、圭の表情を確認する。

唇の右側だけを上げ、目を細め、微笑んでいる。満足げな笑みだ。

（なんでこの人、嬉しそうなんだろう。弟がこんな重い宿命を背負っているってい

うのに)

ぼんやり浮かんだ疑問と同時に、先程の言葉が蘇る。

――私を差し置いて橋姫様の許婚に選ばれた
その言葉には確実に、嫉妬の感情が含まれている。

そこで茜はハッとした。

(この人は、宮司さんが苦しむ姿が見たい、とか?)

京都に来て、葉と出会って、茜は人の心の奥深さを知った。

言葉が必ずしも、真実を語っているとは限らない。

自分の醜《みにく》い部分、弱いところを隠すため、人は図らずとも嘘をつくし、言い訳もする。

(この、橋宮圭という人は、宮司さんのお兄さんだけあって、自分の気持ちを隠したりするのが上手いんだろう。でも、人って、ふとした瞬間に本音が出ることがある。今のこそ、この人の本音なんじゃ……)

茜を言い負かしたと悦《えつ》に浸り、ぽろりと本心がこぼれ出た。

十分に、考えられる。

もし圭が、「葉と橋姫のため」にではなく、「自分を差し置いて選ばれた葉への腹いせ」として、厳しい定めを押し付けているのだとしたら。

自分に都合のいい情報だけかき集め、茜に話しているのだとしたら。

そう考えた時に、過去の紫の姿が頭に浮かんだ。

確かに、茜が通うにつれて、素っ気《そっけ》ない態度を取るようになった紫。

でも、美咲が猫用テリーヌを持っていった時は、夢中で食べていた。それからというもの、神棚の前で、皆で輪になってご飯を共にすることも増えた。

紫も一緒だった。

紫が、茜らのことを心の底から憎んでいるなら、食べ物に釣られたとしても、そう毎回毎回、食卓を囲んだりは、しないのではないか。

最近見かけないというだけで、「葉と橋姫の関係が悪化していて、その原因は自分」と、即断できないのではないか。

胸の奥から、熱い何かがこみ上げる。

茜はゆっくり顔を上げ、圭の顔を真正面から見つめる。

「お兄さん、あなたは本当に、宮司さんの……葉くんのことを思って、そうしておられるのですか？　橋姫様と橋宮神社のために、沢山の決まり事を彼に強いているんですか？　……私は、そうは思わない」

圭は「は？」とこぼす。

先ほどまで余裕めいていた口元が、にわかに歪《ゆが》んだ。

茜は続ける。

「あなたは、葉くんに嫉妬してる。長男である自分を差し置いて、許婚に選ばれた葉くんに。だから、指導と称して、彼に嫌がらせをしているんじゃないんですか？」

圭は一瞬、眉を寄せる。

が、彼はすぐに笑みをたたえながら、「まさか」と呟いた。

「何を言い出さはるんかと思えば。そんなはず、ないではないですか。私は葉の兄であり、橋宮家の次期当主ですよ。もし、葉が心を病めば、私にとっても不利益となる。葉に嫌がらせして、なんの得があるんですか？」

茜は圭を睨む。

確かにメリットはないかもしれない、とも思う。

しかし、嫌がらせというのは、そもそも損得うんぬんを考えて行なうものではないのではないか。

「確かに、あなたは賢そうだし、嫉妬の感情に任せて意地悪、なんて露骨《ろこつ》な真似はしないと思います。だけど人間、理性では抑えられない感情って、あると思います。だからあなたは、明らかな意地悪じゃなくて、指導という形で、葉くんを追い詰めようとしてるんじゃないんですか？」

「いい加減にしてください」

圭の声が、強く響く。

「全く、言いがかりも甚《はなは》だしい。結局あなたは、葉から拒否されたことを受け入れられず、私に責任転嫁《てんか》してるだけちゃいますか？　正直言って、迷惑です」

その鋭い口調は、先ほどまでの穏やかな話し方とは全く異なっていた。

「私はただ、橋姫様と葉との関係改善を図りたいだけです。しきたりにこだわるのも、決まりで葉を縛るのもそのため。千年もの昔、橋姫様は嫉妬に狂い、誰彼構わず人を殺し続けた。そんな悲劇を繰り返さないために、葉がいるのです。彼と橋姫様を強固な絆で結び付け、互いが互いを拘束し合う。それが、橋宮神社の宮司と祭神との、正常な関係なのです」

そう、きっぱり言い切る圭。茜は思わず返す。

「そんなの、正常だとは思えません。許婚なんて言葉はいいけど、実質それ、生贄《いけにえ》みたいなものじゃないですか！」

思いもよらない発言だったのか、圭は目を大きく開く。

「口を慎《つつし》んでください。茜さん。あなたが葉に肩入れしているんは分かりますが、これは昔からの定め。とても名誉なことなのです」

圭の口調は非難めいていたが、茜は引かない。

「名誉なんて、周りの人間が勝手に取って付けただけでしょう？　一番大事なのは、当人同士の気持ちです。二人の今の関係を、本当にベストだと当人たちが思っているのか。宮司さんが、そのことに心から納得しているのか。私が……私が、確認してみます！」

　すると、圭は「はぁ？」と呆れたような声を上げた。

「何をバカなことを。あなたはただでさえ、橋姫様の嫉妬を買っているのですよ？　そんなあなたが介入することが、どういうことか、分かっていますか？」

「私が嫉妬されているかどうかだって、ホントのところは、分からないじゃないですか。私は、橋姫様と葉くんが、束縛じゃない、ちゃんとした信頼関係を築くために、自分にできることを、したいんです。それでも無理なら、潔く身を引きます」

　そう言って茜は、三千円を圭に叩きつける。

　そして圭を上から睨みつけると、そのまま、ショルダーバッグ片手に店を飛び出した。

　雨はもう止んでいる。

　冷たく湿った風が頰を打つが、熱を帯びた今の茜は、そんな寒さなど全くもって気にならなかった。

（もし私が、二人の縁をこじらせる本当の原因なら、引き下がる覚悟はできている。でもその前に、ちゃんと、橋姫様自身の気持ちを知りたい。誤解があるなら解きたいし、話し合って解決できるのならそうしたい。部外者なのは百も承知だけど、最後まで、悔いのないように、できることをやりたい……）

心臓は強く脈打ち、熱い血液が、彼女の中を駆け巡った。そして、水たまりの撥ねも、地面のぬかるみも気にせず、茜は駅まで駆け出した。

その足でマンションに戻ると、パソコンを開き「宇治の橋姫」で検索をかけた。何をしようにも、まずは彼女を知ることから、と感じたからだ。

そして同時に、彼氏に浮気された経験を持つ友達数人にも連絡を取った。

橋姫が鬼に身をやつした原因は、「夫の浮気」だ。しかし、恋愛経験がほぼない茜には、それがどれほど心に傷を負わせるものなのか、いまいち分からない。

そこで、過去、橋姫と同じ気持ちになったであろう友人たちに、浮気された当時のことを尋ねてみた。

電話をかける前は、少々躊躇《ためら》った。しかし、意を決して連絡してみると、皆、熱を込めて当時のことを語ってくれた。

次の日には、朝一番で宇治の図書館に行き、行政資料コーナーで橋姫について調べた。

昼過ぎになり、チャイムの音で我に返る。ノートを閉じ、自動ドアをくぐる。

外に出て、レンガの階段に腰を下ろし、買っていたサンドイッチを頬張《ほおば》った。今日は快晴。スカッとした秋晴れだ。

この図書館は高台に建っているらしく、見晴らしが良い。目の前に広がる街と山、そして青空をぼんやり眺めながら、茜はゆっくりため息をついた。

(橋姫様も、本当はこういうのんびりした時間を過ごしたかったんだろうなぁ。そんな些細《ささい》な望みすら、彼女は叶えられなかったんだ。京都は、こんなに綺麗な場所なのに)

そう思いながら、先ほど書き写していた橋姫に纏《まつ》わるノートをペラペラとめくる。

「宇治の橋姫伝説」は、平家《へいけ》物語の異本「源平盛衰記《げんぺいせいすいき》」の剣 巻《つるぎのまき》に書かれている物語だ。

それをベースに、能楽の「鉄輪《かなわ》」という演目なども作られているみたいだが、大まかな話の筋は変わらない。

平安時代、貴族の娘、橋姫は、女に自分の夫を取られた。嫉妬に狂った橋姫は、京都の貴船《きふね》神社に籠《こ》もり、神に「復讐がしたい、私を鬼に変えてほしい」と祈る。

哀《あわ》れんだ神様は、「宇治川に二十一日間浸れば、鬼になれる」ことを教え、橋姫はそれを実行。その力で、夫と愛人だけではなく、その親族、果てには無関係な人たちをも、殺し続けていく。「剣巻」では、最終的に渡辺綱《わたなべのつな》という武士に腕を切られ、橋姫は成敗された。

縁切りに出向いた当初、茜は橋姫のことなど、ほとんど知らなかった。知っていたのは、単なる「縁切りの神様」ということだけだった。

だから今、初めて彼女の人生と向き合って、自分がしてきたことの愚《おろ》かさを感じた。

（橋姫はここまでのトラウマを抱えてたのに、私ってば、そんな人の許婚の元に何度も遊びに行ったり、一緒にご飯食べたり、お祭りに誘ったりしてたんだよね……。そりゃ、腹も立つかぁ）

一人で重いため息をつく。

一方で、思った。

（橋姫様って、見方によっては、気の毒だよね……）

橋姫は、自分の男を浮気相手に取られた。

当時は平安時代。しかも彼女は貴族の娘。

今なら裁判で慰謝料を請求してぶんどるなり、女の所にまで怒鳴《どな》り込みにいくなり、色々できる。が、当時は難しかっただろう。

泣き寝入りするしかない日々の中で、内に秘めた失望や憎悪が日に日に高まり、ある日爆発する。結果、彼女は鬼となった。

昨日電話した友人たちも口を揃えて言っていた。

「浮気された当時は、本当に辛かった。彼氏と浮気相手、二人の全てをぶち壊してやりたいと思ってた」と。

現代なら、行動を起こそうと思えば、起こせる。だけど、平安時代の女性の地位なんて、とても低かっただろう。女が浮気されたくらいで怒るなんてどうかしている、と思われたかもしれない。

当時の橋姫の無念さを思うと、心の奥に痛みが走った。やりきれない思いで、茜は空を見上げる。

辛かっただろうな、と思う。

鬼になるまで、自分の感情を溜め込んで、溜め込んで。

彼女の心に寄り添ってくれる人は、誰もいなかったんだろうか。

実際、茜は友達の失恋時に、「慰め会」と称して複数でご飯に行ったり、カラオケに行ったりしていた。

そんな友達は一人も、彼女にはいなかったのだろうか。

そして、橋姫について考えた時、その姿に重なる人物がいることに気がついた。

（……母さん）

茜の母も、父を他の女に取られた。

よくは知らないのだが、風の便りによると、父と浮気相手の間には子どももいて、彼らは幸せな生活を送っているらしい。

母は当時、どんな思いだったんだろう。二人が今、幸せだと聞いて、どんな気持ちになるんだろう。

今までは、触れてはいけない気がして触れられなかった。

だけど、茜はもう大学生。成人したし、母にも新しい恋人がいる。

(聞いてみようかな、母さんに。当時の気持ちと、どうすればそのトラウマを、乗り越えられるのか)

橋姫と葉の、こじれた縁を解くこと。これは、葉のためだけでなく、橋姫自身のためにもなると、今の茜は確信していた。

(どこまでできるか分からないけれど、最後まで、やってみよう)

口に詰め込んだサンドイッチをペットボトルの紅茶で流し込むと、茜は彼方《かなた》の大《だい》文字山《もんじやま》を見据え、立ち上がった。

第四話　顔を見て、真正面から

一

貴《き》船《ふね》神社は、京阪《けいはん》電車の出町柳《でまちやなぎ》駅で叡山《えいざん》電鉄に乗り換え、その終点近くの「貴《き》船口《ふねぐち》駅」から三十分ほど歩いたところにある。

橋姫《はしひめ》伝説の発端となったこの神社を、茜《あかね》は訪れていた。

水の神様を称《たた》えた場所というだけあって、どこからともなく川のせせらぎや水の滴《したた》る音が聞こえる。

平日だったため、そこまで混んではいなかった。特に、「丑《うし》の刻《こく》参り」発祥の地とされる神社敷地内の「奥宮《おくのみや》」は、日本屈指のパワースポットと呼ばれているにもかかわらず、閑散《かんさん》としていた。

足を踏み入れた瞬間、スッと冷たい空気が肌を撫《な》でる。本殿周辺より、気温が三度ほど低いのでは、と感じた。

大きな木々に囲まれた、小さな祠《ほこら》がそこにはあった。風は枝を撫でるように揺らし、そよそよと心地いい音が、辺り一面を包んでいる。

茜は、折り重なる葉の向こうに広がる空を見上げながら、一人、深呼吸をした。

おどろおどろしい場所という前評判に、来る前までは少し怖気《おじけ》づいていた茜だったが、今日は日差しがあることもあり、想像以上に爽《さわ》やかで、心地の良い場所に感じた。

（橋宮《はしみや》神社でも思ったけど、私が単に、怖がりすぎただけなのかな。こんなに気持ちのいい場所なのに。やっぱり、噂に惑《まど》わされるのって、良くないよね）

そう思いながら、茜は周囲を見回す。

この辺りの木々には、藁《わら》人形や五寸釘《ごすんくぎ》が未だに見られるらしい。他者を呪い殺そうとする人々が、未だ後を絶たない証拠だ。

（昼間は爽やかな場所だけど、やっぱ夜は、雰囲気変わるのかな。暗くて不気味な時間帯に、わざわざ訪ねるなんて……。でも、そこまでしてでも呪いたいっていう気持ちは、ある意味、すごいよね）

そして、その呪術を最初に行った人物こそが、今回、自分が向き合おうとしている鬼女であり神、橋姫なのだ。

茜は今、橋姫の気持ちを探るべく、彼女の痕跡が残る地を訪ね歩いていた。

お参りを終え、赤灯籠《あかどうろう》が両脇に並ぶ石段を、一段ずつ降りる。葉が少し色づき始めている。ひらひらと舞う葉を眺《なが》めながら、茜は感嘆《かんたん》の息を吐いた。

街中の喧騒《けんそう》から隔離されたこの貴船という土地は、異界に通じているなどという伝説もあるが、それも納得できる話だ。

そのくらい、どこか神秘的で不思議な、現実感のない場所だった。

目的を果たし、電車に乗り込む。

叡山電車は車両が狭く、車列も短い。その雰囲気は、田舎《いなか》の路線バスのようで、都会育ちの茜もなぜか、なつかしさを覚える。

出町柳駅で降りた茜は、近くのパン屋でサンドイッチと牛乳を買い、鴨川《かもがわ》のほとりに腰を下ろした。

鴨川は、京都に住むカップルの聖地だ。特に四条《しじょう》から三条《さんじょう》にかけての川沿いには、毎日複数のカップルが等間隔で座り、話し込んでいる。

しかし、出町柳は、中心部からは少し北に離れているので、人もまばらだった。なので茜は一人でも堂々と座ることができた。

ピョー、と上空でトンビが鳴いている。茜はサンドイッチをかじりながら、橋姫に思いを馳《は》せていた。

伝説によると、橋姫は夫たちを呪い殺すべく、貴船神社から宇治《うじ》川までの道のりを、鬼の形相《ぎょうそう》で走り下りたらしい。電車を使っても一時間半以上はかかる道だ。当時はどれほど時間がかかったのだろう。しかも、頭には鉄輪《かなわ》をのせ松明《たいまつ》を挿《さ》している。時間は夜中だ。

大人しかったという橋姫が、そこまでの恨みを溜め込んでしまった。当時の彼女の荒れた心境を思うと、茜の心はキリリと軋《きし》んだ。

と、その時だった。

場違いなほどのポップな着信音が鳴り響く。

驚きポケットからスマホを取り出すと、そこには「母さん」の文字が。

そういえば、と思い出す。茜は昨晩、母親に電話を入れていた。母に、父親の浮気と、その時の心境を尋ねるためだ。しかし、母は夜勤だったのか、電話には出なかった。

跳《は》ね上がった鼓動をなだめながら、茜は画面をタップする。

「ごめんごめん、折り返し遅くなったね。どうかしたの？　大学生活、楽しんでる？」

そこには耳慣れた穏やかで優しい声があった。

茜は「私は元気。毎日楽しいよ」と答えつつ、どぎまぎしながら続けた。

「実は、今回電話したのは、母さんにその……当時の話を聞きたかったからなの」

「何？　当時の話って。私が大学生だった時の話？」

「ううん、違うの。私達が家を出るきっかけになった……、あの、父さんの浮気が発覚した頃の、話」

一瞬、間があく。茜は唾《つば》を飲み込んだ。

「なにそれ……改まっちゃって。どうしたの？　いきなり」

「その、実は、友達が浮気されちゃってね。励《はげ》ましたいの。それには相手の気持ちを知っておいた方がいいかなって」

なるべく明るい口調を心がける。

しばらくの沈黙の後、母はそっと口を開いた。

「励ます、なんて、無理じゃないかしら」

それは、いつもの優しい声だった。が、そこに温度はなかった。

「悲しみって、多分、一人だけのものよ。茜がどんなに、その子のことを思って、何かしてあげたいって頑張っても、難しいと思う」

抑揚《よくよう》のない静かな声に、茜はキュッと口を結ぶ。

少しの間、続く沈黙。

このままではいけないと思った茜は、とりあえず、当時のことを教えてほしいと頼んだ。

小さく息を吐いた後、母は話し出した。

「あの日……父さんが女を連れて家に来た時、正直、『どっきり』かなにかかと思ったの。

だってそうでしょ？　私とあの人は、愛し合って結婚したの。神前式だったから、神様と皆の前で、添い遂げます、なんて誓い合ったの。毎日、いつもありがとうって、ねぎらい合っていたの。だから、こんなのあり得ないって思ってた」

そして彼女は、フフッと軽く声を漏らした。

「当時の私は、まだまだお嬢様だったのね。おとぎ話をどこかで信じているところがあったの。優しく正直な者は救われて、嘘をつく愚《おろ》か者は罰《ばっ》せられる」

母は電話の向こう側でため息をつきながら「でも、現実は全然、そんなんじゃなかった」と告げる。

「明らかに、相手の方が楽しそうに見えた。私はこんなに不幸なのに。今思うと、私は、色んなことにショックを受けていたのね。父さんの浮気ももちろんショックだったけど、悪者であるはずの二人が自分より幸せそうなこともショックだったし、私達の方が出ていくことになったこともショックだった。もう、受け止められないわよ」

茜は「そうだよね」と弱々しく呟いた。

小学生の茜が、「守ってあげなきゃ」と思ったくらいだ。当時の母は、厳しすぎる現実に、押しつぶされる寸前だったのだろう。

「友達も、両親も、そんな私に皆優しかったわ。でも、そういう時ってね。自分の心のコップが、辛さや、やるせなさでいっぱいいっぱいだから、どんな言葉も入ってこないのよ。この痛みの当事者は、あくまで私だけ。誰もこの現実を、元に戻してくれる人はいないって、そう思ってた」

母はそう言って、口ごもる。

「じゃあ、他人にできることは、なにもないってこと？」

茜が小声で尋ねると、そうねぇ……と、母は静かに呟く。

「何もない、というわけでは、ないのかも」

「えっ」と呟く茜に、母はフフッと笑い声を漏らしながら続けた。

「夫を奪われて、家も追い出されて、あぁ、私、何もなくなっちゃったな、って思ったの。これが人生のどん底かって思ったの。だけどね」

母は一旦、言葉を切る。

茜のスマホを握《にぎ》る手が、ジワリと熱を帯びていく。

「私は、あなたに救われたのよ、茜」

瞬間、瞼《まぶた》が上がる。

「私……？」

「ええ。あなたは私の手を強く握って、一緒に頑張ろうねって言ってくれたの。小さいのに、率先して色んな家事を引き受けてくれてね。あと、私の事、守ってくれたりもして。ほら、母子家庭って、白い目向けられたりもするでしょ？　その時にあなた、堂々と言ってのけたのよ？『悪いのは、浮気をしたお父さん。お母さんはなにも悪くない！』って。そういうこと、よその人にわざわざ言わなくてもいいのに、眉毛《まゆげ》吊《つ》りあげて語気を荒らげてね」

母はククク と声を殺すように笑う。

茜は「へ」と間抜けな声を上げた。そんなこと、全く覚えていない。

「夫婦のいざこざって、どっちが悪いか言い切れないこともあるじゃない。浮気されたのだって、私の方にも何か原因があったのかもしれないし。だけどあなたはね、一方的に私の味方でいてくれた。傷ついた私に寄り添ってくれたの。忙しくなって、苦労をかけているのに、変わらず私を愛してくれた。それがとても、嬉しかったわ。そこから私は、少しずつ、思い出せるようになったの。自分の掌《てのひら》に今、あるものを。全部なくなったなんて思ってたけど、全部じゃない。あなたも、励ましてくれる友達や両親も、いた。働ける体も、心もある。それを改めて、再認識したのよ」

だからね、と母は言う。

「傷ついた心に寄り添うこと。それが、浮気された友達に対して、今の茜ができることなんじゃないかしら。頑張って励ますのもいいけれど、人間ショックが大きい時って、その親切を素直に受け止められないこともあるから。そうなったら、茜の方も、モヤモヤしない？『せっかく励ましてるのに』って。共感できるところは共感してあげて、『必要な時は、いつでも話を聞くからね』って声をかけるの。その後は無理せず、付かず離れずの関係を続けてみたら？　そのうち、相手からあなたを求めてくるかもしれないし。その時は、存分に応えてあげて」

母はそう言い終わると、ふぅとため息をついた。茜にはそれが、安堵《あんど》の息のように思えた。

傷ついた心に寄り添うこと。

そういえば、と茜は思う。鬼と化して、腕まで切られた橋姫に「寄り添ってくれる相手」なんていたのだろうか。

浮気された当時は、おそらくいなかったのだろう。だからこそ橋姫は、恨みつらみを溜め込み鬼となり、悪者として成敗された。

その後はどうだろう。おそらく、先代や葉《よう》を含む歴代の夫たちは、彼女の味方だったのだろう。しかし、彼女には男に裏切られた過去がある。彼らがいくら、橋姫の味方でいたいと願っても、橋姫の側がそれを完全に信じ切っていたかはわからない。

彼女の痛みを理解しようと試みること。それを伝えること。そっと寄り添うこと。それが千年にもおよぶ彼女の遺恨を和《やわ》らげ、ひいては、橋姫と葉との健全な関係を構築するための、糸口になるかもしれない。

　茜は一人でうなずくと、母に礼を言った。

　母は「いえいえ」と笑った後、最後にこう言った。

「あなたは、一人で突っ走ってしまうところがあるけれど、情の深い、優しい子よ。私はあなたの明るさに、いつも元気をもらってる。浮気をされたその子も、あなたみたいなのが傍《そば》にいてくれたら、心強いと思うわ」

　心に、一筋の光が差したような心地がした。


　その後、茜は、美咲の部屋に立ち寄った。経過を報告するためだ。

「えっ、茜ちゃん、橋姫様と直接話をするの？」

　美咲《みさき》は、ほうじ茶の湯呑《ゆの》みを両手で摑みながら、目を見開く。

　茜は、彼女が淹《い》れてくれたお茶を一口含みながら、コクリとうなずいた。

「色々考えたんだけどね。それが一番いいかなぁって。もしそれで、私が橋姫様に拒絶されちゃったら、その時は潔くあきらめるよ」

　苦笑する茜に、美咲は「そやけど」と続ける。

「うち、あんまりオカルト的な知識ないからあれやねんけど……。橋姫様って、行ってすぐに会えるもんなん？」

「それも正直、わからない。でもね。私、美咲には言ってなかったかもだけど、一度だけ、橋姫様を見たことがあるんだ」

「え!」

美咲はビクリと肩を上げる。勢いで彼女が持っていた湯呑みのお茶が、数滴ローテーブルにこぼれた。

「初めて宮司《ぐうじ》さんに会った日の翌日のことなんだけどね。よく眠れなくて、暗いうちから朝霧《あさぎり》橋の方まで散歩に出たら、橋の上で、宮司さんと幽霊みたいな大きな女の人が、見つめ合っているのを見たの。たぶん、あれが橋姫様だと思う」

「そうなんや……。すごいなぁ。うち、京都に住んで長いけど、そんなん見たことないわ」

「私も霊感とか全然ないんだけどね。あれが初めて。だからびっくりした」

茜は、人差し指で頬を掻《か》く。

「茜ちゃんって、橋姫様と、よっぽど縁があるんやね。じゃあ、直接話し合うっていうのも、できるかもしれへんね」

身を乗り出す美咲に茜は「うん、でも問題は……」と続ける。

そう、問題は、茜が一人で行った場合でも、橋姫が姿を現すかどうか、だ。

前回は葉と彼女の逢引《あいび》きを「偶然目撃した」に過ぎない。

茜という、橋宮家の人間でもなんでもない者が行って、果たして橋姫は会ってくれるのだろうか。

「宮司さんには、頼めへんもんねぇ。金輪際《こんりんざい》会わんーって言われてるんやし」

「そうなんだよね。何か手立てはないものかなぁ」

美咲は頬に手を当てながら、「お化けに会う方法なぁ……」と首をかしげる。

お化けではないのでは？　と茜は内心思うが、口には出さなかった。

「まず、まっ昼間に行っても無理やろなぁ。人目に付かない、夜、行くのは絶対として……」

あ、あと、と美咲は続ける。

「よく、映画なんかでは『私の眠りを覚ますのはだれだぁ～！』なんて言いながら姿を現す妖怪とか、おらん？　なんかこう、橋姫様の気に障《さわ》るようなことをしたら、出てきてくれるんちゃう？」

「そんなことしたら、後で話し合えなくない？」

「ホンマや」と言いながら、美咲は肩を落とす。

「宮司さんの他に、橋姫様と接点のある人っておらんの？」

「うーん、紫《むらさき》ちゃんは、実は橋姫様の化身らしいんだけど、猫だしねー。あとは……」

「え、紫ちゃんって、橋姫様の化身なの！」

驚く美咲をよそに、茜はふと、一人の人物の顔を思い浮かべる。

橋宮圭《けい》、葉の兄だ。

「悔しいけど、お兄さんにもう一度会ってみようかな。ディナーの途中で、啖呵《たんか》切って出てきちゃったから、ちょっと気まずいけど」

「でも、それしか方法がないなら、ダメ元で当たってみるしかないんちゃう？　もしあれやったら、うちも一緒にお願いしに行くけど？」

心配そうな美咲を見て、茜はぎゅっと口角に力を入れる。

「ありがとう、でも大丈夫。私が言い出したことなんだし、自分でけじめはつけるよ」

すると美咲は、心配そうに眉をハの字に下げながらも、微笑した。

「応援してる。うちは、茜ちゃんにも宮司さんにも助けてもらった立場やし、恩返しもしたいと思ってんねん。出来ることがあればいつでも言うて」

茜は「ありがとう」と言いながら立ち上がる。

部屋を出る前に、美咲が後ろから声をかけてきた。

「また、宮司さんと茜ちゃん、それに紫ちゃんも、みんなで食卓囲める日が来たらええね」

「うん。そのためにも頑張るよ」

茜は手で小さくガッツポーズをした。

二

先週の同じ時間に、茜はこの京大宇治キャンパスを訪れたばかりだった。なのになぜか、今日は前回に比べて異様に肌寒い気がする。日の入りも各段に早くなっているように思える。

本当にそうなのか、自分の心の問題なのか、それは茜にも分からない。ただ一つ言えることは、現在の心境は、先週に増してより重いということだった。

（まぁ、そうだよね。あれだけ失礼な態度取った後なんだもの。橋姫様に会う方法を尋ねたところで、教えてもらえる可能性は低いよね）

深いため息をついた直後、茜の瞳は階段の下に、白髪の青年をとらえた。圭だと確信した茜は、跳ね打つ心臓をなだめながら階段を駆け下りる。

「圭さん！」

圭はふと立ち止まり、こちらを見上げる。夕日がまぶしいのか、手で額《ひたい》の辺りを覆《おお》っていた。

「あなたは……」

圭は、茜だと認識すると、歪《ゆが》んだ笑みを浮かべた。

「何です？　また何か用ですか？　この前、急にレストランを飛び出しておいて、よく顔が出せましたねぇ」

「あの時は、ごめんなさい」

茜は深々と頭を下げ、開口一番に謝罪した。

圭が、大げさに深いため息をつく。その音に茜は一瞬ひるみそうになるが、拳《こぶし》を握り、勢いよく顔を上げた。そして、

「じ、実は……厚かましいことは百も承知なんですが、今回は、圭さんにお願いがあって来ました」

と、彼の目を見て言った。

「お願い、ですか？」

圭が即座に眉を寄せる。が、茜は「はい」と答え、言葉を続ける。

「私、橋姫様と直接、話がしたいんです。そのために、彼女と会える方法を、教えていただけませんか？」

「直《じか》に会うんですか？」

「えぇ。私、霊感はないけど、一度だけ、橋姫様の姿を見たことがあるんです。だ

から今回も、姿さえ現してもらえれば、見ることも、話を聞いてもらうことも、できると思うんです」

「なるほど」

圭は目を細める。

「先日、『葉と橋姫との関係を修復したい』というようなことを言って、あなたはレストランを飛び出した。が、そうしたものの、具体的な手段が見つからない。だからあなたは、橋姫様と直接話し合うために、私に『彼女と対面する方法』を尋ねているのですね？」

「……そうです」

すべて見透かされているようだ。茜は気まずさに耐えながら、圭の顔を見つめる。

圭は口をキュッと結びながら、しばらく黙り込んでいた。が、ある瞬間、何かを企むような、ゆるやかな笑みを浮かべる。

「私には会いづらかったでしょうに、わざわざ出向いてくださったのですね。分かりました。お教えしましょう、橋姫様とお会いできる方法を」

「本当ですか？」

茜は思わず身を乗り出す。

圭は、顎先《あごさき》に指を当て、「そうですね」と、語り出す。

「まずは、今月の丑の日丑の刻に、宇治川の朝霧橋にお向かいなさい。服装は、白か薄紅色の打衣《うちぎぬ》、今でいうところの、シャツワンピースのようなものが良いでしょう。そして、橋の真ん中に立ち、水面に向かってこう叫ぶのです。『水底《みなぞこ》におわしますおぞましき嫉妬《しっと》の化身、宇治の橋姫。願わくばその御身《おんみ》を我正面に現し給《たま》え』と」

「おぞましき、嫉妬の化身……？」

茜は眉間《みけん》に皺《しわ》を寄せる。が、圭はそのまま続ける。

「松明を鉄輪に挿して持っていくのが良いでしょうが、今の時代は目立つでしょう。赤い和ろうそくを燭台にのせ火を灯《とも》し、それを明かりとして使ってください。そうすれば、橋姫様は、姿を現されるでしょう」

何てことないような顔でそう説明する圭に、茜は戸惑《とまど》いを覚える。

「何です？　暗い顔をしてどうかなさいましたか？」

「え、いや……なんというか……。それってまるで、丑の刻参りに行くみたいな恰《かっ》好《こう》だなって」

圭はゆっくりとうなずく。

「確かにそうかもしれません。が、あなたは我々とは違う、普通の人間。橋姫様に出てきてもらうには、普段とは異なる姿でいなければ、気づいてもらえませんよ」

「そういうものなんですか」と顔をしかめた茜に、圭は「ええ」と目を細める。

「嫌ですか？　そんな不吉な時間帯に、不気味なあの橋のたもとに赴《おもむ》くのは」

すると茜はハッと顔を上げ、眉を寄せながらも頭を振る。

「いえ……。分かりました。やってみます」

どうもありがとうございました、と、茜はもう一度頭を下げ、そのまま、踵《きびす》を返した。

来た道を辿《たど》りながら、先ほどの圭の表情、そして話の内容を反芻《はんすう》し、口をへの字に曲げる。どう考えても怪しすぎる、と思ったのだ。

そもそも、レストランで会った時、圭は葉を明らかに敵対視している風だった。そのため、葉を助ける手段を尋ねても、すんなりとは教えてもらえないだろうと思っていた。だから、罵倒《ばとう》されたり、無視されたりすることを覚悟してここに来た。場合によっては、毎日大学に通って教えを乞《こ》うことも想定していた。

しかし、そんな思いとは裏腹に、彼は橋姫に会う方法をすんなりと、しかも事細かに説明してくれた。そのこと自体が怪しいといえば怪しいのだが、もっと気になるのがその手段だ。

丑の刻参りに行くような恰好といい、呼び出す時の呪文といい、それらのすべては、橋姫を刺激するようなものばかり。

今から話し合いをしようというのに、その前に相手を煽《あお》れと、圭は言っているようなものだった。

そんなことをして、橋姫は果たして、こちらの言い分をすんなり聞いてくれるのだろうか。正直、不安しかない。

しかし、悔しいかな、今の茜には、圭に従う以外の道はなかった。橋姫と二人で対面する方法が、それ以外には見つからないのだ。

(乗りかかった船だもの。最後まで、行くしかない)

不安を飲み込み、茜はアスファルトの歩道を駆けた。


(丑の刻は、深夜である午前二時を指すんだろうけど、丑の日ってなんだろう。土用の丑の日、なんていうけれど、その『丑の日』なのかな?)

自室に帰った茜は、ネットで調べ、それが二日後であることに驚いた。

暦《こよみ》の日付は毎日、子《ね》の日、丑の日、寅《とら》の日と、干支《えと》の順に繰り返している。次の丑の日は、偶然にも休日、次の土曜日であった。

慌てた茜は、翌日の学校帰りに、洋服を買いに市の中心部へと出た。

京都の若者が服を買うため目指すのは、決まって四条河原町《かわらまち》だ。周辺のありとあらゆる店を覗き歩き、薄ピンク色のシャツワンピースを購入した。

（和ろうそくは、確か寺町通《てらまちどおり》に、専門のお店があったよね。そこで買えばいいか。あとは……）

本当は、美咲にも相談したかったところだったが、急だったため、タイミングを逃した。しかし、元々話し合いには一人で行こうと決めていたため、美咲には事後報告で済ますこととした。

こうして訪れた、金曜日の夜。

決戦は真夜中。そのために仮眠を取ろうと思っていたが、眠れるはずもなく、そのまま日付が変わる。

茜は京阪宇治線の最終電車に乗り、宇治へと到着した。

深夜に開いている唯一の店、宇治橋を渡ってすぐのところにあるレストランで時間をつぶした茜は、店の時計を見ながら「そろそろか」と思い、ドリンクバーのジンジャーエールを飲み干した。

店の自動ドアをくぐると、強い風が吹き込んできた。思わず腕で顔を覆い目をつぶるが、なんとか片足を踏み出す。

風の強さに不安を感じながらも、茜はあえて胸を張り、再び宇治橋を渡った。

宇治の夜は、人通りがほとんどない。

駅近くであるにもかかわらず、橋を渡るのは茜ただ一人だけだった。

足を進める途中でふと、欄干《らんかん》の向こうに目をやる。昼間はあれほど風流で鮮《あざ》やかだった景色が、今はただただ、黒い塊《かたまり》と化している。

山も、川も、全てが漆黒の闇に染まり、茜を見張っているように感じる。薄気味悪さを振り払おうと、あえて足を速めた。

十月も終わりに差し掛かるこの季節は、風も冷たい。初めて宇治に来た時ほどではないが、その外気に体温が奪われていくのを感じる。服装を指定されたとはいえ、同系色のカーディガンくらい羽織《はお》ってくるべきだったな、と、震える両腕を抱きつつ思った。

宇治橋を渡り切り、川沿いを歩く。街灯は蛍光灯が切れかけているのか、点いたり消えたりを繰り返していた。

(そろそろかな……)

茜は、朝霧橋のたもとにある、『源氏物語の碑《ひ》』の前で立ち止まる。

それを風よけにしつつ、そっと赤い和ろうそくにライターで火をつけた。ぽおっと柔らかい灯《ひ》が灯る。

茜は燭台の持ち手をしっかり持つと、朝霧橋の階段を上った。

川からの風は、障害物が何もない分、強い。

茜は火を守るように、猫背気味の姿勢で、橋の中央まで歩く。

たどり着くと、山を背に、そっと欄干に手をかけ覗き込む。

黒い川はゴウゴウと一定のリズムで流れている。それはまるで何か一つの生き物のように、波を上げながら、唸《うな》っていた。

「……橋姫様、出てきてくれませんか？」

水面に向かって、恐る恐る声をかける。

橋姫を呼び出すための文句は事前に圭から聞いていたが、それを唱えることを茜はためらった。初めて訪ねてきた人間に、「嫉妬深い」とか「おぞましい」なんて言われたら、相手が鬼女でなくても腹が立つだろうと思ったからだ。

しかし、やはり、普通に呼びかけただけでは何も反応はない。

茜は覚悟を決め、深呼吸したあとに、口火を切った。

「水底におわしますおぞましき嫉妬の化身、宇治の橋姫。願わくばその御身を我正面に現し給え」

川に向かって、叫ぶ。

すると、一粒の水滴がピチョン、と茜の頬に触れた。

と同時に、持っていた燭台の灯がふっと消える。

え、と茜の意識が和ろうそくに向いた瞬間、水面に何かを打ち付けたような、ザバッという音。

無数の水しぶきが一斉に撥《は》ねた。

茜は咄嗟《とっさ》に、顔を背《そむ》け、片腕で顔を覆う。

そして、おそるおそるその手を下ろすと。

「……！」

そこには、茜の五倍ほどの大きさはある女性が、じっとこちらを見下ろしていた。

月に透けたその体は、ゆらゆらと宙を漂うように光っている。真っ白の小袿《こうちぎ》に墨色の髪が流れている。

茜は水滴で濡れたままの顔を拭《ぬぐ》うことなく、あんぐりと口を開け、彼女の顔を見つめていた。

眉を寄せ、睨《にら》みつけるような表情ながらも、橋姫はとても美しかった。

糸のような細目に、長いまつげ。淡雪《あわゆき》のような肌は透けていて、まるで内側から発光しているように見えた。

唇を閉じ、その瞳をさらに細くしながら、橋姫は真っ直《ます》ぐ、茜の両目に視線を置いている。

言葉を忘れ、対峙《たいじ》していた茜だったが、ここに来た理由を思い出し咄嗟に口を開く。

「は、橋姫様、今日は、あなたと話がしたくて来たんです。あなたと宮司さんの……許婚《いいなずけ》さんとのことです」

橋姫の眉がピクリと動く。

「誤解されているかもしれませんが、私は、あなたから宮司さんを盗ってやろうなんて、これっぽっちも思っていません。ただ、一人の友達として、彼の幸せを願っています」

茜は一度そこで言葉を切る。

橋姫はぐっと、眉を寄せた。

その形相に一瞬ひるんだが、茜は堪《こら》えて彼女の目を見た。

「橋姫様、あなたはその昔、本当に辛い思いをされたんですよね。私は、あなたの」

そこまで言いかけたところで、ことさら強い風が吹く。

茜はよろめきながらも、必死で橋姫の顔に視線を合わせた。

彼女は、唇を震わせながらこちらを睨みつけている。目は吊り上がり、顔はこわばっている。

ふと茜は、図書館で見た能面の写真を思い出した。

「鉄輪」という橋姫伝説を元にした能楽があり、その舞台に出てきた般若《はんにゃ》の面の一種に「生成《なまなり》」という面があった。鬼女になる一歩手前の顔らしく、まだ人間の面影が残るものの、あと少しで異形の者へと姿が変わる、そんな表情を模した面だ。今の橋姫は、そんな生成そのものの表情だった。

正直、恐ろしかった。だが、茜は目をそらさなかった。ここでそらしてはいけないと思った。向き合わなければ、彼女の思いに。夫以外、誰もくみ取ってこなかった彼女の心に。

と、その時だった。

「……スナ」

低い声が聞こえる。女性のものだ。

一瞬、空耳かと思った。

なぜなら前回、葉と共に居た時の橋姫は、言葉を発していなかった。だからてっきり、話せないものだとばかり思っていたのだ。

しかし。

「……ミダスナ、ワタシノ、ココロヲ、ナゼ、ナゼ……ナゼ、ミダス……ワタシハ……」

絞り出すような声は、茜の鼓膜を揺らしている。そしてそれは、確かに橋姫の唇から紡《つむ》がれていた。

咄嗟に、こちらも口を開こうとした、次の瞬間だった。

淡雪のようだった白い橋姫の肌が、段々と朱に染まっていった。

それは首から始まり、徐々に伝染していくかのように、顔へ、肩へ、そして手先へと移っていった。

橋姫は目を大きく見開く。

白目の部分は黒く、吊り上がった瞳は紅色に染まっている。全身が赤く染まり、髪は逆立ちゆらゆらと揺れている。

身体はすでに透けてはおらず、まるで、実体を持ったかのようだった。

その姿はまさしく鬼。少なくとも人間の類《たぐい》ではない。

思わず息を止めた茜は、その恐ろしさに自然と手が震えだす。正気を失ってはいけないと、歯を食いしばり、欄干に手をかけ、体を支えた。

ふと、橋姫の片腕に目がいく。彼女のそれは、二の腕辺りでプツリと途絶えている。

——武将、渡辺綱《わたなべのつな》に名刀「髭切《ひげきり》」で片腕を切り落とされ、橋姫は成敗された。

橋姫伝説の終盤を思い出し、茜の背筋に寒気が走る。

つまりは、今この目の前に立ちはだかる彼女こそが、二百年も人を殺し続けた「鬼女・橋姫」の姿なのだろう。

そう思い至った時には、もう遅かった。

橋姫は存在する方の腕を持ち上げると、茜の方へと掌を伸ばしてきた。

最初は自分の状況を飲み込めない茜であったが、間一髪《かんいっぱつ》のところで身をかわす。

「待ってください、橋姫様！　私は、あなたが嫉妬深い、おぞましい神として語り継がれていることに、違和感を覚えているんです。だってそうでしょ？　浮気された上、夫を女に盗られたなんて、怒って当然じゃないですか」

茜は一度言葉を切り、真正面から彼女を見据《みす》える。

「あなたは鬼に身をやつすまでに、耐えて耐えて、耐え抜いた。それでも、夫は帰ってこず、誰にもわかってもらえなかった。あなたは好きで鬼になったんじゃない。鬼にならざるを得なかったんでしょう？」

茜の必死の問いかけに、一瞬、橋姫の動きが止まる。

「正直に言います。嫉妬の恨みで、誰彼構わず人を殺すのを、私は肯定することはできません。でも、あなたがそうなった原因に、誰も目を向けようとはしない。それって、おかしくないですか？　私は、あなたと話がしたいんです。あなたの悲しみ、苦しさ。それを踏まえた上で、私と、宮司さんと、あなたの間でこじれた縁を解いていきたいんです」

身体の震えは、いつの間にか消えている。自分の偽りのない気持ちを、真っ直ぐぶつけよう。ただ、それだけを考えて、言葉を紡いでいた。

しかし、そんな茜を見つめていた橋姫の瞳に、昏《くら》い炎が宿った。

「オマエゴトキニ、ナニガ、ワカル……」

橋姫は再び、紅く染まった腕を、こちらに伸ばす。

茜は再びそれを避《さ》けようと、一歩後方に足を動かす。

だが、いつの間にか手元から落ちていた燭台に足をとられ、茜は一瞬よろめいた。その隙をつくように、橋姫の手が、茜の首にかかる、その直前だった。

黒いなにかが、茜の視界を横切る。

橋姫は顔を歪め、腕を引っ込めた。

茜が視線で「なにか」を追う。

そこには。

「む、紫ちゃん？」

紫は、小さな体をパンパンに膨《ふく》らませ、尾を突き上げ「フーッ」と橋姫を威嚇《いかく》した。橋姫の手の甲には、傷跡がある。

どうやら紫が、橋姫をひっかいたらしい。

（なんで？　橋姫様と紫ちゃんは、同一人物なんじゃないの？）

困惑した茜だったが、立ち止まっている暇はなかった。

橋姫はギリリを唇を嚙《か》み、再び茜につかみかかる。

茜はすぐさましゃがみ込んだが、そのポニーテールが彼女の爪《つめ》に引っかかった。

(あっ……！)

茜の体は、吊り下げられる要領でふわりと宙を舞ったあと、橋げたに叩きつけられた。

頭を押さえながらなんとか立ち上がろうとする茜の体を、橋姫は乱暴に摑み、持ち上げる。

「……ちょ、離し、て……！」

茜は手の中で必死にもがくが、橋姫は修羅のような形相で、そんな彼女を見つめている。

(言葉が届いていないのかも……。なんとかしなきゃ……)

茜は抜け出そうと、自らの腕に力を籠《こ》め、橋姫の手から身を乗り出す。

だいぶ高く持ち上げられているようで、朝霧橋と橋桁《はしげた》をそこから見下ろすことができた。

先ほどいたはずの紫はそこにはいない。あぁ、逃げられたのか、よかった、と茜は安堵する。

その刹那《せつな》、橋姫の握る手に、ギリリと力が籠った。

（まずい、このまま……じゃ……）

そう思ったのと同時に、茜の意識は薄れた。


その日、葉は落ち着かなかった。

丑の日、丑の刻前後ということもあるのだろう。中々寝付けない。

本殿の障子戸は、強風に揺られギシギシと音を立てていた。

（この音……かなり、強いな）

布団にもぐり瞼を閉じる。

視覚が閉ざされると、残った聴覚は余計に様々な音を拾う。風が枝葉を揺らす音、障子戸にぶつかる音。そして。

……ニャーン。

微《かす》かに聞こえたその声に、葉は飛び起きた。

そしてすぐさま神棚のある部屋に走ると、勢いよく障子戸を開けた。

「紫様っ……！」

そこには、こちらに鋭い眼光を向ける紫の姿があった。毛はいつになく乱れ、心なしか息も荒いように見える。

葉が駆け寄る前に、紫は葉の胸に飛び込んできた。

「どこに行かれていたのですか⁉　ずいぶん探したのですよ！」

紫を抱えながら戸を閉めようとすると、紫はその隙をついて葉の腕をすり抜け、外に飛び出す。

紫はニャーニャーと声を上げ続けていた。風にあおられながらも必死に叫ぶその姿は、何かを訴えているようだった。

直後、ぷいと葉に背を向けると、どこかに駆けていく。

「紫様、お待ちください、今夜は危険です！」

すると紫は、一瞬だけ立ち止まった。そして葉の方に見返るが、またもや走り出す。

（……私に、ついて来いとおっしゃっているのか？）

葉は紺色の羽織に腕を通しながら、その後を追った。

宇治川のたもとに立った葉は、その光景に絶句した。

離れているのでよくは見えない。が、川から突き出た朱色の「何か」。それは、人間を掴んでいるように見える。

（橋姫様……？）

ニャーと紫が強く叫ぶ。

こちらの岸からは、直接朝霧橋へは抜けられない。葉は小橋を渡って中州に降り、砂利を蹴って橋のたもとへと駆けた。

紫も、彼と並走していた。そして、もう少しで橋のたもとの大階段にたどり着くという、その時。

「どうしたんや、えらい焦《あせ》って」

階段の真下には、落ち着きはらった圭がいた。

なぜこんな場所にと、葉は一瞬驚いたものの、彼を無視して、階段を駆け上ろうとする。

しかし、その前に圭が片腕を広げ、行く先を塞《ふさ》いだ。

「退《ど》いてください兄様！　橋姫様が、人を……」

「それは、お前が招いたことやろ？」

瞬間、息が止まる。

葉は目を見開いた。

「……それは、どういう」

すると圭は柔らかな笑みを浮かべ、語りかけてきた。

「どういう意味て……そのまんまの意味や。お前が俗世の女と関わり合うから、橋姫様が嫉妬したんや。原因と結果が、はっきりしとる。疑問点なんてないやろう？」

「それでは、あの摑まれている娘は」

血の気がみるみる引いていくのがわかった。

葉はすぐさま圭を押しのけ、段を上る。だが、橋桁にたどり着いたところで、後ろから圭に腕を強く引っ張られた。

「葉、お前はここでよく見ていろ。お前が俗世の人間と関わるとどうなるのか。お前は橋姫様だけのものやと、以前から教えて聞かせたやろう。その定めを破ったらどうなるか、この目でちゃんと、確認し」

「離してください！」

葉は腕を強く振る。が、圭の爪は強く彼の皮膚《ひふ》に食い込み、離れない。

葉は橋姫の方に視線を向け、声をからし、叫ぶ。

「橋姫様！　どうか身を鎮《しず》めてください！　私が、私が間違っておりました。金輪際、関わりませんから！　だから、どうか、どうかその者を……」

しかし、葉の声は届いていないのか、橋姫も茜も、こちらを向こうともしない。

橋姫に身体ごと鷲摑《わしづか》みにされた茜は、ぐったりとうなだれているように見える。

葉は歯を食いしばると、摑まれた手を勢いよく振り払い、前のめりになりながら橋桁を蹴った。

三

薄れゆく意識の中、茜の頭の中には、ある光景が流れ込んでいた。

それは、牛車《ぎっしゃ》が行き交う街並み。通行人は皆、草鞋《わらじ》を履き、着物の「小袖《こそで》」や「直垂《ひたたれ》」を着ている。明らかに今の時代の風景ではなかった。そして茜は、それらの景色を真上から眺めていた。まるで一人、宙に浮いているようだ。

（何、これは。……昔の京都？）

よくわからないながらも、茜はその光景の中を泳ぐように進む。どうやら、こちらの姿は誰の目にも映っていないようだ。

最初は町全体を見下ろしていたが、何かに導かれるように、茜はある一つの屋敷に近づいていく。

屋敷の外には、黒い冠に着物を着た無数の男性達。彼らは門の前に群がっていた。それらをすり抜け、屋敷内に入ると、中には一人の美しい女性がいる。

彼女の顔を見た時、茜は息を呑《の》んだ。

（橋姫様……）

そこで茜は気がついた。これは生きていた頃の橋姫の記憶なのだ、と。

橋姫は煌《きら》びやかな十二単《じゅうにひとえ》に身を包み、御簾《みす》を上げて屋敷の外を見つめていた。

そして、どこからか声が聞こえたとたん、彼女は御簾を下げ、中に引っ込んだ。

茜は、声の方に視線をやる。そこには女房《にょうぼう》がいた。

「やはり、お会いにはなりませんか？」

橋姫は御簾越しにコクリとうなずく。

そして告げる。「私には、幼き頃から心に決めた許婚がいますから」と。それを聞いた女房は、やれやれといった面持《おもも》ちで、外の男らに断りを入れた。

なるほど、と茜は思った。

これは、橋姫が、他の貴族たちの求婚を断っている光景なのだと。

すると、まるで紙芝居のように、突然場面が変わった。

次の光景では、橋姫と、とある男が並んでいる。橋姫は白無垢《しろむく》姿。男は黒い束帯《そくたい》と呼ばれる着物を着ていた。祝言《しゅうげん》、結婚式のシーンだと茜はとらえた。

俯《うつむ》きながらも、橋姫の顔はほころんでいる。男も、嬉しそうな笑みを浮かべていた。

しかしそれはすぐに、別の光景へと切り替わる。

屋敷の外廊下にて、ぼんやりと庭を見る橋姫。その背後から来た先ほどの男、橋姫の夫は、そっと彼女の背に語りかける。

「中将《ちゅうじょう》の位《くらい》を賜《たまわ》った。それゆえ今は仕事が忙しく、中々そなたのもとに通えない。しかし、きりがつけば必ず、そなたを迎えに行く。だからそれまで、待っていてほしい」

振り返り、コクリとうなずく橋姫。

それからというもの、彼女は待った。

庭の光景だけが切り替わりゆく。時が流れているのだ。

桜が眠る春の夜、虫が鳴く夏の夜、月が輝く秋の夜、雪が舞い散る冬の夜。

待ちくたびれたのか、部屋に入り、一人床に入る橋姫。だが、几帳《きちょう》が揺れるたびに、庇《ひさし》が軋むたびに、夫がついに来てくれたのかと彼女は枕から頭を上げた。風の仕業であったと気づき、ため息する橋姫の姿に、茜の心は締め付けられた。

いつしか橋姫の顔には薄い皺ができ、身体も心なしか小さくなったように見えた。

「中将様は、本当に罪なお方です。いくらお忙しいとはいえ、もうずいぶんお見えになってはいないではありませんか。居も共にしないなど、妾《めかけ》同然の扱い。いくら何でも、姫様が不憫《ふびん》です」

ある日、女房が不満を漏らした。橋姫の身を案じるがゆえか、彼女の表情は険しい。そんな女房に、橋姫は言った。

「そんなことを言うものではありませんよ。待つことこそが、女の一生、とも言うではありませんか。私達は、目には見えぬ太い縁で繋がっております。たとえ、お会いすることができずとも、私は、充分幸せなのです」

そう言って口角を上げる橋姫に、それ以上女房は声をかけなかった。

しかし、それからしばらく経って、橋姫の女房たちが、ある噂をし始めた。それは「中将が、他の女を自らの屋敷に住まわせている」というものだった。

実際にそれを、橋姫の元に告げ口しに来るものも現れた。しかし、彼女は凛《りん》とした表情で言った。

「私は中将様の正妻。下賤《げせん》な噂などには、惑わされません。私は夫を信じています」

だが、女房が去った後、とたんに橋姫の表情は陰《かげ》った。不安を押し殺し、数々の噂をかわし、彼女は一人、耐えているのだろう。

茜が黙ってその光景を見つめていると、次の瞬間、思いも寄らないことが起こった。

「棄状《きじょう》」と書かれた紙を持った女房が、慌てて橋姫のもとに走り寄る。

橋姫はそれを開けると、小声でそれを読み上げた。

「何人もの男と交友を持った。夫が全く帰ってこないにもかかわらず、平気な素振りをしていた。それはすなわち、夫に関心がないことと同義。上記の理由により、私は妻と離縁する……ですって？」

すぐさま牛車を走らせ、橋姫は夫の住む屋敷へと向かう。そこには夫である中将と、彼の肩にしなだれかかる見知らぬ女性の姿があった。

橋姫は二人の前で訴える。

確かに婚姻前に、自らの屋敷に男が列を作ることはあったが、彼らとは一度も会っていないこと。

夫と離れていても平気な素振りであった、とあるが、それは心配をかけないためにそう振る舞っていただけだ、ということ。

自分が愛するのは、後にも先にも夫ただ一人だということ。

しかし、彼女の言葉は、中将の心に届かなかった。

世間では夫の訴えが真《しん》とされ、橋姫は一度も住居を共にしないまま離縁された。

落胆しながら帳台に籠る橋姫は、妻戸《つまど》の向こうの女房たちの話し声を聞く。

「うちの姫様も、焼きもち焼く姿を見せるなり、同居をねだるなり、やり方はあっただろうに。なんというか、可愛げがなかったのよ」

「わかる。それに、今まで平気な素振りをしておいて、いざ棄状が来てからやっと、屋敷に駆け付けるなんて、遅すぎじゃない？」

「そうよね。今更『私はあなたを愛しています』なんて訴えても……往生際が悪いというか。関係を絶つのがそんなに嫌なら、妾にしてもらえばよかったのに。すがりつきでもすれば、ちょっとは可愛らしく見えるじゃない。なのに、結局はすんなり離縁を受け入れてさ。矜持《きょうじ》を保つのがそんなに大事かね」

瞬間、橋姫の表情からスッと血の気が引いていく。茜はゴクリと唾を呑んだ。

その夜、橋姫は一人貴船神社に向かい、自らを鬼とするよう祈った。

宇治川に二十一日間浸かることで鬼女と化した彼女は、すぐに夫と女を取り殺した。

橋姫の噂はすぐに都《みやこ》に出回った。

「浮気されたくらいで異形の身となった鬼女」

「嫉妬に狂った妖怪」

それらの噂に飲まれるように、橋姫は誰彼構わず人を殺し続けた。京に住む者は皆、夜になると彼女を恐れ、家に籠った。

こうして完全な鬼と化した橋姫だったが、二百年もの時を経たある夜、一人の侍と対峙する。

侍は、「おぞましき鬼女め、覚悟せい」と橋姫に跳びかかる。そして、刀を振り上げると、彼女の腕めがけて刃を真っ直ぐ下ろした。

橋姫の片腕が、勢いよく飛ぶ。と同時に吹き出る大量の血。橋姫は、自らの血を浴びながら、ゆっくりと水面に向かって倒れていった。すると、隠れて見物していたのであろう多くの民衆が、侍の後ろに駆け出てきた。彼らは歓声を上げ、ありとあらゆる罵詈雑言《ばりぞうごん》を橋姫に浴びせる。「悪《あ》しき妖怪」「おぞましき化け物」「さっさとくたばれ、嫉妬の権化《ごんげ》」。

そこにいる皆すべてが、橋姫の消滅を望み、この討伐成功に歓喜しているのだ、と茜は感じた。

橋姫は、その様子を薄目で捉えながら倒れ込み、やがて、黒く染まった川に飲まれ、消えていった。辺りが大喝采《かっさい》で包まれる中、茜は一人、唇を噛みしめながら、その光景を見つめていた。

そこで「橋姫」の記憶が止まると思いきや、「それから」の光景も、茜の頭には流れてくる。

場所は、宇治川近くの茅葺き屋根の小屋。民衆が集まり、何やら話し込んでいる。橋姫討伐の件を「先日の～」と言いながら語り合っているあたり、あの日からさほど時間は経っていないようだ。

部屋の隅に立ち、茜は聞き耳を立てる。どうやら民衆たちは、橋姫が退治された後も、彼女の祟《たた》りを恐れており、その対策を話し合っているらしい。

そんな中、民衆の一人がある案を出す。それが「橋宮神社建立」と、今日まで続く橋姫との婚姻制度だった。「若い美男子」を供物《くもつ》として捧げることで、呪いの鎮静化を図ろうというのだ。

皆がその意見に賛同する。「御霊《みたま》を鎮める者がおれば、あの化け物が復活しても、先のような惨事は起こらぬだろう」と口にする者もいた。

(やっぱり、宮司さんは彼女の生贄《いけにえ》……供え物だったんだ。しかも、それは、橋姫様から望んだことでは、ない)

そう思ったところで茜は、うっすらと瞼を持ち上げる。

目に入ってきたのは、自分を包む赤い指。身体は、巨大な熱い手に鷲摑みにされている。

茜は唐突に、現在置かれている状況を思い出す。自分は今まさに、橋姫に握りつぶされようとしているのだ。

先ほどの経験はまるで、橋姫の掌から、彼女の過去や思いが、直接自分の体内に流れ込んできたかのようだった。

(彼女のやりきれない思いが、肌を通じて伝わった……の？)

全身を圧迫される痛みを感じながら、茜は橋姫を真っ直ぐに見つめる。朱色に染まった彼女の顔は、鬼、そのものだ。

恐ろしい。だけど、それにも増して、悲しい。

なぜ、自らが殺されそうな今、そんな感情になるのだろう?

恋人のいたことがない自分がなぜ、橋姫にここまで、気持ちを寄せることができるのだろう。

茜は、今までのことを思い出す。自分が初めて、橋宮神社に訪れた時のこと。母のこと。美咲と誠《まこと》のこと。紫のこと。そして、自分のこと。

茜は、母との間に、若い男が横入りしてきたことが嫌だった。

誠は、美咲の大学生活が上手《うま》くいくことを疎《うと》ましく思っていた。

紫は、茜たちが神社に出入りすればするほど、敵対心をあらわにしていった。

それらに共通する点に、茜は今更ながら、気づく。

大切な相手に、新たな縁ができたこと、それこそが不安の正体だ。

新たな縁ができたことにより、相手の目がそちらに移る。結果、自分との絆《きずな》が弱まり、孤独になる。それが不安なのだ。

橋姫の夫は、自分が出世したことで、新たな世界を手に入れた。仕事にまい進する中で、新しい女に出会い、結果、橋姫を捨てた。その重いトラウマがある橋姫が、今の葉の状況を、快く思うはずがない。

彼女は、不安なのだ。

自らの婚約者が、外への扉を開けようとしていることが。自分がまたもや、置いていかれることが。

その時、かつての自分の姿が頭をよぎる。

母と店員の男が、仲良さげに話しているのを、一人、後ろから見つめる自分。

(橋姫様の心に寄り添うこと。今なら、できるかもしれない)

橋姫と自分の共通点を見つけた茜は、重い瞼を無理やりこじ開ける。

「橋姫……様……。あなたの気持ち、わかります」

茜がかすれた声を漏らすと、一瞬、橋姫の指が微かに動いた。

「あなたがこうする理由。それは、私への嫉妬心だけではないでしょう。そんな薄っぺらな思いだけで、動いているわけではないでしょう。宮司さんがあなたを置いて、新たな世界に目を向けている、そのこと自体が、不安なんじゃないですか?」

橋姫は大きく目を見開く。

茜は目線を動かさずに、再び口を開いた。

「分かるんです。私も。あなたと同じ気持ちを味わったことがあるから。もちろん、あなたの痛みに比べれば、ずっと軽いものかもしれません。それでも、あなたの感情を、理解することはできます。たった一人で置いていかれるのって、苦しいですよね。不安、ですよね」

「でも」と、彼女は続けた。

「だからといって、相手の行く先を塞ぐことが、良い方法だとは思いません。私はこれを、宮司さんから教わりました。大切な人が、新たな世界に目を向けている時。置いていかれまいと、無理やり相手を『新しい世界』から引きはがしても、結局それは、お互いのためにならないんです。あなたは満足しても、相手には不満が残るでしょう。実際、宮司さんの表情には、いつもどこか陰があります。そして、今後、相手の人生に何か変化があるたびに、あなたは、相手の興味を奪う物事を、先んじて絶っていく必要があります。でも、そんなことしても、きりがないんです。一方で、相手の不満は、募《つの》っていくばかり。そんなこじれた関係を保ったままで、行きつく先ってどこなのでしょうか？」

　橋姫は、茜を睨みつけている。茜を握る手に、一層力が籠った気がした。

　それでも茜は、話すことを止めなかった。

「橋姫様は今、宮司さんとの絆に、不安をお持ちなんですよね？　先代の方とは、まだ強い絆で結ばれていた、と聞いています。それに比べたら、宮司さんは若い、まだ婚姻も成立していない。だから、あなたが不安がる気持ちも、よくわかります」

「でも、だからこそ」と茜は声を張る。

「今、橋姫様がすべきことは、宮司さんと、その不安を共有することだと思います。彼には、本音を察する力があります。でも万全ではありません。やっぱり最後には、気持ちを言葉にすることも必要なのではないでしょうか。あなたが生きていた時代は、女性がそんなことをするのは憚《はばか》られたかもしれませんが、今は違います。察してもらおうと待つだけではダメなんです。話して、ぶつかったりしながら、歩み寄って、妥協点を見つけていく。その過程が、あなたと宮司さんとの絆を深める、唯一の方法ではないでしょうか」

か細い声でありながらも、茜は、何とかすべてを言い切った。

橋姫は、何か思うところがあるのか、口を堅く結んだまま、じっと茜を見つめていた。

しかし、次の瞬間、ふと、茜を握る力が弱まる。

茜の身体は、スルリと指の中をすり抜けた。

急なことで、受け身の体勢も取れない中、そのまま下に落とされる。思わず身構えた茜だったが、橋桁に身体が打ち付けられることはなかった。

彼女を受け止めたのは、純白の、細い腕。

目に入ったのは、純白の、狩衣の袖。

「宮司さん……。なんでここに」

「茜……」

葉は目を細め、苦し気な表情でこちらを見つめている。

そのままそっと、茜の身体を橋桁に置くと、膝《ひざ》をそこにつけたまま、橋姫に向かって叫んだ。

「今般の件、誠に、誠に申し訳ございません。すべては私の責任です。どのような処罰でも受けます。だから、だからどうか、この者を帰してやってください」

首を垂れる、葉の声は震えている。

茜は身を起こそうとするも、腕に力が入らない。

と、そこに、生暖かい何かが頬を撫でた。紫の舌だ。紫は、まるで労《いた》わるかのように、自分の頰を舐《な》めている。

葉を連れてきてくれたのだろうか。チラリと目線だけを橋姫にやる。

葉の姿を見た橋姫は、口をキュッと結んでいる。

先ほどまで、彼女を覆いつくしていた朱色が、徐々に引いていくのが分かった。

「……ヤメ……ナサイ」

茜の鼓膜に、低く、囁《ささや》くような声が響く。

橋姫は、そっと葉に手を伸ばす。

頭を上げさせようとしているのだろう。しかし、すでに元の色に戻った指先は、半透明で、彼の身体に触れることができない。

「……ヤメナサイ。カオヲアゲナサイ。マチガッテイタノハ、ワタシダ」

その言葉を聞いて、茜は息を呑んだ。

自分の意見が、橋姫に届いた、という意味なのだろうか。

葉はそっと、顔を上げる。茜もゆっくりと、腕に力を入れ、上半身を持ち上げた。

橋姫の姿は完全に、人の姿へと戻っている。

幽玄《ゆうげん》で、美しい姿だ。

葉と橋姫は、しばらくの間、お互いをじっと、見つめ合っていた。二人のこわばっていた表情が、少しずつ、少しずつ和《やわ》らいでいく。

茜はその光景を見た時、これで大丈夫なのではないか、と思った。

二人は今、お互いの気持ちを寄せようと試みている。本音を打ち明けようと試みているのだ。

傍にいた紫も、落ち着いた様子で、その光景を見守っていた。

二人が何か話そうと、同時に唇を動かした、その時だった。

「な、なぜです、橋姫様！　あなたの千年にも及ぶ怨念は、その程度のものなのですか！」

凪《な》いできた空気を割くような、ツンと響く声。

それは、葉の兄、圭のものだった。

四

葉は驚いた。

静かだった空間に、突如として圭の声が響いたからだ。

彼は葉と橋姫との間に割って入ると、葉に背を向け、彼女を見上げながら叫んだ。

「あんたは、嫉妬の化身や。何人もの人間を手にかけてきた鬼女やろう！　今更『いいもん』になろうとしてるんか⁉　そんなもん、はなから無理に決まってるやろ！　今こそ、嫉妬の炎でこいつらを焼き尽くす時ちゃうんか、なぁ、橋姫よ！」

「何を仰っているのです！」

葉は咄嗟に圭の手を取る。

だが、彼はそんなことは気にも留めず、狂ったように橋姫に叫び続けていた。

（一体何を言っているんだ、この人は）

葉は思わず、圭の身体を羽交《はが》い絞めにする。しかし彼は、ただ橋姫だけに視線を置き、彼女を睨み続けている。

橋姫は眉間に皺をよせ、じっと圭を見つめた。が、ふと悲しげに目を伏せる。彼を憐《あわ》れむような表情だ。

そして、葉に目を合わせる。

葉が何か言おうとする前に、橋姫は人差し指を口にあて、微笑を浮かべた。まるで「話はまた今度」とでも言うような、優しい笑みだった。

その直後、彼女の姿は、徐々に薄くなっていく。

圭の叫びを無視しながら、彼女は静かに身を沈め、水面へ帰っていく。その姿が徐々に、冷たい空気に溶けていく。

「なんでや！　なんでや！」

圭は葉の手を振り払うと、彼女を追って欄干に身を乗り出した。

その後ろ姿を見ながら、葉は拳を握る。

（やはり、この人は……）

その瞬間、今回の事件の全体像が、パズルの破片を繋ぐかのように、おぼろげに浮かび上がってきた。

橋姫をけしかけ茜と引き合わせた張本人は、圭なのだろう。そして彼は、橋姫が茜に危害を加えることを望んでいたのだ、と。

その理由まで、葉は容易に推測できた。

（……私を苦しめる、ため。兄様を差し置いて許婚に選ばれた私への、嫉妬心からだ）

葉は自身の生業柄、人の心の動きに敏《さと》い。だから薄々は、兄の悪意に気がついていた。

いつからだったろう、と思い返した時に、蘇《よみがえ》ったのは、初めて橋姫と会った日の出来事だった。

あの日の深夜、葉は、先代に連れられて、圭と共に朝霧橋に立った。

もともとは、圭だけが橋姫に紹介される予定だった。が、当時、橋姫の夫だった先代が親族の反対を押し切った結果、葉も一緒に行くことになった。

初めて橋姫を見た葉は、単純に「美しい」と思った。彼女は月明りに透けており、なんとも神秘的であったのだ。その姿に圧倒されながらも、チラリと兄の方を垣間見る。圭は、顔を真っ青にしながら、ブルブルと震えていた。だが、葉はなぜ兄がそこまで怯《おび》えているのか、理解できていなかった。当時は幼く、橋姫の由来どころか、現実と空想の差もよく分かっていなかったからだ。

だから、葉は圭に向かって平然と、こう告げた。

「どうしたのですか。何も怖くありませんよ。ただの、綺麗な幽霊です」

その瞬間、ふと、橋姫の表情が和らぐ。

彼女は目に弧《こ》を描きながら、そっと、透ける白い腕を伸ばし、葉の頬に触れた。

実体はないので、実際は撫でる「ふり」ではあるが、葉はそれを受け、橋姫にニコリと微笑《ほほえ》んだ。

「……そうか」

そう先代が漏らした瞬間、圭は強く眉を上げた。

橋宮神社宮司は、橋姫と婚姻するため子を持つことができない。そのため、宮司は一定の年齢を過ぎると、次代宮司を定めるべく、直系、傍系含めた「橋宮家一族」から適当な男子を選抜して、養子としていた。今回においては、親族一同が「圭こそ適任」という意見で一致しており、すでに圭に対して、そのような教育を施していた。

しかし、葉たちが橋姫と顔を合わせた次の日、橋宮家親族一同が集まる場で、先代は、次代の結婚相手に葉が選ばれたことを告げた。

親族は最初こそ目を丸くしていたものの、すぐさま「おめでとう」と口々に叫びながら、葉を取り囲む。

葉は訳が分からず、ポカンと皆の中心で突っ立っていた。

その輪の外側で、圭が刺すようにこちらを睨みつけていたことが、ひどく印象的だった。

それ以降、親族たちは、あからさまに葉だけを可愛がるようになる。最初は不思議に思っていた葉だったが、徐々に、その理由を理解した。そして同時に、自分が知らぬ間に、兄が望んでいた「橋姫の許婚」の座を奪っていたことに気がついた。

だが、幼かった当時の葉は、それが兄にとってどれほど屈辱的で、重大なことなのかを理解していなかった。だから、葉は、以前と同じように接し、「遊ぼう」と話しかけた。

一方で、兄の態度は違った。圭は、葉が許婚となった直後から彼を避けるようになった。葉が「遊ぼう」と話しかけても「うるさい」と冷たくあしらった。しかし、数ヶ月すると圭は、手のひらを返したかのように、葉を可愛がるようになる。

「仲直りできたんだ」と思った葉は、それを最初は、素直に嬉しく感じていた。

だが、先代に引き取られ、縁切りの方法や依頼主の心を探る術《すべ》を教わる中で、葉は、穏やかな圭の裏に隠された本音を捉え始めた。

「葉は、ほんまに、私の自慢の弟です」

そう言って微笑む時の圭は、唇こそ上向きに弧を描くものの、目じりは下がらない。

「厳しいことを言うようやが、それは、お前と神社のためを思ってや。分かっているな？」

そう告げながら、自分を見下ろした圭の口角は、右より左が高く上がっている。

（唇の動きに目じりが連動しないのは、嘘をついているから。口角が片方よりもう片方が上がるのは、優越感を覚えた時の表情……）

葉は、水底に向かって叫び続ける圭を黙って見ながら、今までの彼のしぐさや表情を、つぶさに思い出す。

分かっていた。分かっていたのだ。

圭が自分に対して、底知れぬ憎悪と嫉妬を抱いていることを。

「指導」という名の皮を着て体裁を整えることで、両親や親族の目はごまかせた。しかし、葉だけは気づいていた。それでも、特に抗わず、静かにそれに従っていた。

主な理由は一つ。

兄が可哀そうだったからだ。

人の心を知るにつれ、葉は、人の痛みにも敏感になった。

自分が選定されるまでは、橋姫の次期許婚としての教育を受け、そのために生きてきた兄。それがあの日、全て壊れた。

もし、自分がその立場だったらどうだろう？

今更、「橋姫は別の男を選んだ、お前は用済みだ」と捨てられたら、これからどう生きていけばいいだろう。

自分だって、選ばれた男と橋姫に、果てしない憎しみを抱くだろう。

もちろん、指導に大人しく従っていた理由は憐憫《れんびん》の情からだけではない。

圭の言うことには一応、大義名分があり、誰が聞いても正しいことだった。だから今まで、それらをすべて受け入れてきた。

(だが、こうなった今、私が本当にすべきことは……)

葉は圭の襟元《えりもと》を強く摑むと、思い切り後ろに引っ張った。その勢いで、彼は橋桁に倒れ込む。

「……兄様、私は今、決心いたしました。私はあなたと、決別します。許婚を愚弄《ぐろう》し、友を傷つけようとしたあなたを、私は、許さない」

そう言って葉は、倒れ込んだ圭の前に立ち、持ってきていた断絆刀《だんはんとう》を抜く。

直刃《すぐは》が月の光に照らされ、キラリと光る。

葉は、軽く、息を吸って吐く。そして冷たく視線を落としながら、再び口を開いた。

「もう、終わりにしましょう、兄様。あなたの嫉妬心は、枯れる事を知らない。お互い、縁を切り、金輪際関わらぬように生きてまいりましょう。その方が、互いのためです」

その声は、自分で思った以上に震えていた。が、ためらってはいけない。

真剣をそっと振り被る葉の姿に、圭はうろたえだす。

「ま、待て。今私たちの縁を切ればどうなる？　私は今後、この神社に出入り出来なくなるんちゃうか？」

そうでしょうね、と葉は冷たく返す。

「そうなれば、父様や母様にも、親族中にも、縁を切られたことが知れ渡る。あなたは、『指導役』を解任され、橋宮家での立場を失うでしょうね。居づらくなり、京から出ていくことになるやも……」

しかし、と続ける。

「私にとっては、関係のないことです」

すると圭は、頭を左右に強く振った。

「そんな！　それは嫌や。私にも、矜持というもんがある。そんなことになれば、長男である私の立場は？　積み上げてきたもんは？」

圭の声は震え、上擦《うわず》っていた。もはや、動揺を隠す余裕もないらしい。しかし葉は「知りませんよ、そんなもの」と切り捨てる。

「こんなことになる前に、もっと早く、切っておくべきだったのです。分かっていたのに、私は……」

そう言いながら、葉は刀を振り上げる。

その時だった。

「待って、宮司さん」

身を起こし、よろよろとこちらに歩んできたのは茜だ。

葉は一瞬、目を見開く。

「退け！　どういうつもりだ」

「宮司さん、いつも言っていたでしょう？　安易に縁を切るなって」

よろめきながらも、茜はこちらに手を伸ばす。どうやら刀を止めようとしているようだ。

そんな彼女を、葉はキッと睨む。

「安易ではない。わかるだろう？　こやつは、橋姫様を貶《おとし》め、そなたを傷つけようとしておったのだぞ？　縁を切って当然ではないか」

「聞いて、宮司さん。ここに来たのは私の意志。橋姫様に会う方法を、私からお兄さんに聞いたんだよ。私のせいで、橋姫様と宮司さんの関係がこじれちゃったみたいだから、そのお詫《わ》びと誤解を解くために、ここに来たの」

茜はじっと葉を見つめる。葉は思わず眉を寄せた。

「たとえそうだとしても、縁切りの件は関係ない。今回のことで、こやつの悪意は露呈《ろてい》した。私の周囲の人間を害するやつは、誰であろうと、許さぬ」

思わず語気を強めるが、茜は微動だにしなかった。

「それでも、止めて」

「なぜだ！」

すると茜は、葉の瞳を真っ直ぐ見据え、言う。

「だって今、やっと宮司さんは、お兄さんと正面から向き合えたんでしょ？　一時の勢いで縁を切れば、きっと後悔する。これから、誠心誠意話し合って、それでもダメなら縁を切ろう。それからでも、遅くないよ」

葉はギュッと唇を嚙む。

茜はボロボロの身体で、肩を上下に揺らし、荒く息をしている。

先ほど、橋姫に握りつぶされる寸前だったのだ。おそらく立っているのもやっと、といったところだろう。

それでも、茜は引かず、強いまなざしで葉を見つめ続けた。

冷たい風が、二人の間を吹き抜ける。

茜の髪が乱れるが、彼女は直そうともせず、じっと葉に視線を向けていた。

（全く、本当に強情な……）

葉は深いため息をつく。

茜と知り合って一年ほどが経つが、こいつは最初から、こういうやつだったな、と改めて感じる。

（無茶ばかりで、強引で。本当に難儀なやつだ）

葉は深く息を吐く。

そしてそっと、振り被った刀を下ろした。

第五話　氷が溶けた、その後は

「ここに来るのも、久々やなぁ……」

美咲《みさき》が横でふぅと息をつく。

茜《あかね》は「そうだね」と答えながら、真っ黄色に染まった銀杏《いちょう》の木を見上げた。

ここに初めて来たのは丁度、去年の同じ時期くらいだっただろうか。一年で色々とあったなぁ、としみじみ思う。

一時はもう二度と、ここの敷居は跨《また》げないかと思っていた。

しかし、驚くべきことに、今回誘ってきたのは葉《よう》の方だった。

——先日の詫《わ》びと、礼もある。神社に来ぬか？

ある夜、急に鳴り響いたスマホの着信。

知らない番号だったので、出るかどうか迷ったが、おそるおそるスピーカーを当てると、聞こえてきたのは葉の声だった。

三室戸寺《みむろとじ》で待ち合わせをした際に、何かあった時のため、一応電話番号は知らせていた。しかし、結局彼から連絡が来たことは一度もなかった。なので茜は、葉は電話を持っていないのだと理解していた。

急にかかってきた電話に、茜はマイク越しに思わず、「宮司《ぐうじ》さん、スマホ持ってたの⁉」と叫ぶ。

——持っておらぬ。これは神社の黒電話からだ。

黒電話……歴史の教科書で見た気がするなと思いながら、茜は尋ねる。

「でも、どういうこと？　詫びとお礼って……。迷惑かけたの、私の方でしょ？

あの日も結局、倒れこんじゃって」

そう、橋姫《はしひめ》と対峙《たいじ》したあの日、葉が刀を下ろした瞬間、茜は気が抜け、その場に倒れ込んだ。

目が覚めた時には、橋宮《はしみや》神社本殿の神棚前に寝かされていたのだ。

宮司さんが運んでくれたのかな、と思うと、申し訳なかった。橋姫にも、葉にも、紫《むらさき》にも迷惑をかけた。

もう二度と、会えなくても仕方がない。そう思い込んでいただけに、葉からの誘いには本当に驚いた。

「おじゃまします」

そう声を上げながら、脇戸を開け、恐る恐る境内《けいだい》に足を踏み入れる。

境内に特に変わった様子はない。

が、多少落ち葉が地面に積もりすぎているようにも思う。

もし、またここに通うことができるなら、ちょっと掃除しよう、と思った時だった。

「やっと来たようだな。ケーキ、とやらは持ってきたか？」

飛び込んできたのは、かわいらしい少女の声だった。

「へ、誰？」

目をやるとそこには、紫の着物に白い花柄の被布《ひふ》をまとった小さな女の子がいた。歳は五、六歳といったところだろうか。

「ケーキは持って来とらんのかと聞いている」

仁王《におう》立ちした少女は腕を組み、こちらをギロリと睨む。

「あ、あぁ、今日は持ってきてへんのやけど……。でも代わりに、豆大福、作ってきてん」

美咲が答えると、「まめだいふく、だと……？」と言いながら、少女は目を見開く。瞳の奥が輝いたのを、茜は確かにとらえた。

「誰と話をされているのです？」

瞬間、本殿の障子戸が開く。少女は「葉！」と言いながら彼に駆け寄った。

「あ、宮司さん」

茜は遠慮気味に話しかける。

葉の方も、何か気まずいのか、顔をそらしコホンと咳払いをする。

「よく来たな。上がれ」

茜と美咲は、堂内へと足を入れた。

「茶を淹《い》れる」と、葉が奥の部屋に引っ込んだ後も、少女は眉《まゆ》を吊《つ》り上げながら、茜と美咲の対面に座っていた。

「あの、あなたは……」

沈黙に耐えかねて茜が口を開いた直後、お盆を持った葉が戻ってきた。彼はそれぞれの座布団の前に煎茶《せんちゃ》を置いた後、少女の隣に腰を下ろす。

「宮司さん、そちらの方は、親戚のお子さんか、なんか？」

美咲が尋ねると、葉が答える前に少女が鼻を鳴らした。

「全く、これだから人間は。匂いでわからんか、匂いで」

少女の言葉に「そう、言われても」と、茜は美咲と顔を見合わせる。

葉がため息をつき、言いづらそうに告げる。

「……こちらは、橋姫様の化身、紫様だ」

「え」

茜は静かに瞬《また》きをする。

「ええええええええー!!」

「うるさいぞ、貴様ら。耳に障《さわ》る」

「で、でも、紫ちゃんって、猫ちゃんやったよねぇ？」

紫は「あぁ、前はな」とうなずく。

「しかし、考えを改めたのだ。貴様らのような女どもが、許婚《いいなずけ》の周りをうろつき、たぶらかすのでな。こちらも、しっかり自らの意見を言わねばと、人の子の姿になったのだ。これなら、口も利《き》けるだろう？」

「へー」と茜は生返事をする。言ってる意味は分かったが、飲み込めてはいない。人の子ということはつまり、幼少期の橋姫を模《も》したような感じだろうか。しかし、朝霧《あさぎり》橋で最初に見た橋姫は、もっとしとやかで、幽玄《ゆうげん》な雰囲気だった。少なくとも、こんなものをズバズバ言う、偉そうな性格ではなかった。

信じられない、という気持ちで、茜は紫をまじまじと見つめる。そして、ふと、自分が姫に握りつぶされそうになった夜のことを思い出した。あの夜、紫は橋姫に向かって毛を逆立てて威嚇していた。同一人物であるにもかかわらず、だ。

「そういえば紫ちゃんは、どうしてあの夜、私を助けようとしてくれたの？　橋姫様と紫ちゃんって、元は同じなんだよね？」

茜の問いかけに、紫は一瞬、眉を寄せる。しかし、腕を組みながらこう答えた。

「確かに私はあやつと同一で、考えや心の動きなどは常にお互い把握しておる。しかし、魂はとうの昔に分かれているので、同一の思いを持っているわけではない。私はお前のことが嫌いだが、何かと便利ゆえ、殺すには惜しいと考えてな。だから助けたまでだ」

「嫌いって……やけにはっきり言ってくれるね。京都人なのに」

顔をしかめたその瞬間、圭の言葉が頭をよぎる。

――幼き頃の自分、こうありたかった姿の自分を切り離し、子猫の形に具現化したもの。それが『紫様』です。

（なるほど……。橋姫様にも元々、自分の感情を隠さず生きていた時代があったのね。猫の方が神秘的な雰囲気はするけれど、この子ども姿の方が、言いたいことは、言えるよね）

茜はあの日、橋姫に、葉ともっと気持ちを共有すべきだ、と言った。

その意見を素直に受け入れてくれたのかと思うと、なんだか少し嬉しくなる。思わず目じりを下げた瞬間、紫は「なんだ、その笑みは。気持ち悪い」と語気を強めた。

そんな中、美咲が、隣でパチンと手を叩く。

「それなら、これからは紫ちゃんも、うちらと同じ物を食べられるなぁ。今までは猫用テリーヌとかやったけど。さっきケーキケーキ言うてたんは、興味あったから？」

すると紫は急に頬を赤らめ「べ、別にそうではない！」と身を乗り出す。そんな紫を微笑《ほほえ》んで見つめた美咲は「じゃあ、次は必ず、ケーキにするしな」と、持ってきたお重を開けた。

「うわぁ」

茜も紫も、葉までもが歓声を上げる。

「塩豆大福。餡子《あんこ》も手作りやねん。こしあんにしたら結構時間かかってしもて。口に合《お》うたらええけどねぇ……」

そう言いながらはにかむ美咲をよそに、紫は一番に手を付けた。茜は思わず「あ、それ私が！」と叫ぶ。が、紫はすでにそれを頬張《ほおば》りながら、「早い者勝ちだ」と告げる。

茜は軽くため息をつきながらも、ふと、辺りを見回す。

柔らかな日差しが障子戸越しに部屋に差し込み、皆の顔を照らしている。

煎茶の清らかな香りが辺りに漂い、秋の終わりを感じさせないような温かな空気が、この空間を包んでいた。

一人三つ割り当てられていた豆大福を食べ終えると、紫は早々に眠ってしまった。陽だまりの中で座布団に丸まり眠る姿は、猫の時の彼女を彷彿《ほうふつ》とさせる。

美咲が、紫の上に掛けようと、自分の上着を探しに立つ。

同時に葉が、湯呑《ゆの》みを盆にのせ、腰を上げたので、「私も洗うよ」と茜も立ち上がった。

小さな渡り廊下の奥にある炊事場は、湿った匂いがした。化粧ベニヤ台の上にステンレス製の流し、細い蛇口の上には大きなガス湯沸《わ》かし器が付いている。教科書で見た「昭和の人々の暮らし」の写真そのものだ。

なんだか穏やかな気分になった茜は、微《かす》かに鼻歌を歌いながら、湯呑みを洗った。

隣でそれを拭く葉が、そっと、口を開く。

「……あの後の話を、そなたにしておらんかったな」

「ん？」

茜は鼻歌を止め、葉に目を向ける。

「……兄様とは、距離を置くことにした。今回の件は、橋宮家親族には伏せておくから、代わりに、金輪際《こんりんざい》こちらに口を出すな、と、兄様に言うことができた」

「そうなんだ……」

茜は口ごもり、流しに目線を落とす。ふと、あの夜のことが思い出される。

あの時、茜は必死だった。だから、思いつくままに自分の考えを叫んでしまった。そう、相手側の立場を考えることなく。

圭との縁を切るべきではないと言ったのは茜だ。

しかし、あの後、冷静になって思った。それは果たして正しかったのだろうか、と。

自分は、葉に縁切りを断られたことで、救われた。易々《やすやす》と縁を切らなかったことで、自分の本心と向き合えた。

だけれど、美咲の例のように、切るべき縁も、確かに世の中には存在する。近頃はSNSなんかも普及し、誰とでも気軽に繋がれるご時世となった。だからこそ、悪縁、しがらみとなるだけの縁も、今まで以上にあるだろう。何が必要で、何が不必要なのか。それを判断するのは自分自身であるべきだ。他人が簡単に口出ししていいものではない気がする。

だけど茜は、あの時咄嗟《とっさ》に「縁を切るな」と叫んでしまった。

あれだけのことがあったのだ。おそらく圭《けい》と葉には、昔からの確執があるのだろう。実際、圭は葉を敵視していたし、その悪意がこの先、また牙《きば》をむく可能性はある。

あの時、縁を切らなかったことで、今後、また葉に害が及ぶかもしれない。

そこまでの考えに至る前に、安易に縁切りに反対してしまったことを、茜は少し後悔していた。

「ごめんね。宮司さん。私、また出しゃばってたよね」

恐る恐る葉の顔を見る。

「宮司さん的には、それでよかったと、本当に思っているの？」

「あぁ」

葉は間髪容《かんはつい》れずに答えた。

「私の手にかかれば、縁などすぐに切れる。が、切った縁を修復するのは難しい。少し間を置くことこそが、最良の選択だったと、今は思っている」

「そっか」

茜は眉尻を下げ、ため息をつくと、再びスポンジを動かした。

「……を言う」

「え？」

葉の微かな呟《つぶや》きに、手を止め顔を上げる。

「礼を言う、茜。そなたのおかげで、自分の本音にも、橋姫様の心にも、より近づけた気がする。あの後、紫様は、幼子の姿で私の前に姿を見せられた。そなたに説教されたからこの姿にした、などと仰《おっしゃ》っていたぞ」

茜は「あー」と言いながら、いたずらっぽく笑った。

「橋姫様に、ちょっと偉そうに言っちゃったんだよね。それも少し、気にしてはいたんだけど。でも、今の紫ちゃんなら、嫌なことがあればはっきり言ってくれるだろうし、結果的には良かったのかな。ちょっと、安心」

茜が微笑むと、葉はフッと息を吐く。

「あぁ、そうだな。が」

葉は持っていたふきんを置く。そして茜の方に向き直り、真正面から見つめた。

茜は一瞬ドキリとする。

曇《くも》りのない淡雪《あわゆき》のような肌に、深く透き通った切れ長の目。やはり何度見ても、彼の顔は美しい。

「そなたには、色々と世話をかけすぎた。申し訳なくも思う」

そしてふわりと口元を緩《ゆる》く上げ、言った。

「この借りは、かならず返す。覚えておいてくれ」

その笑みは、今までになく柔らかく、優しい笑みだった。

まるで、芽吹《めぶ》きたての柔らかな葉っぱのような、温かい笑み。

初めて葉の姿を見た時、『氷漬けにされた椿《つばき》』のような、美しくもどこか冷たい印象を受けた。

だけど今の葉は、違った。

瞬間、雪解《ど》けの音が聞こえた気さえしたのだ。

(……宮司さん、こんな顔で笑えるんだ)

ぼんやり葉を見ていた茜は、「おい」と声をかけられ、慌てて我に返る。

「頬が赤いぞ、どうかしたか？」

思わず、肩をビクリと震わせる。

「へ、あ、え、いや、ほら、給湯！　すすぐためにお湯、さっきちょっと出したんだけど、思った以上に熱くて……。この湯沸かし器、レトロすぎて調節の仕方わかんないんだよね。アハハ！」

「……その言い方、バカにしておるのか？」

「ち、違うちがう、そんな気持ちはなくて！」

必死に言い訳をするも、「この人、本音を見抜くのが得意だったな」と思い出し、口ごもる。

余計なことは言わないでおこう。今の気持ちは、絶対彼には悟られたくない。

一瞬、見惚《みと》れそうになりました、だなんて。

橋姫様に合わせる顔がない。

エブリスタ
国内最大級の小説投稿サイト。

小説を書きたい人と読みたい人が出会うプラットフォームとして、これまでに200万点以上の作品を配信する。

大手出版社との協業による文芸賞の開催など、ジャンルを問わず多くの新人作家の発掘・プロデュースをおこなっている。

https://estar.jp

この作品は、小説投稿サイト「エブリスタ」の投稿作品「そのご縁、切ります ～京の外れの縁切り神社～」を改題の上、大幅な加筆・修正を加えたものです。

著者紹介
木村文香（きむら　ふみか）
京都府出身。2018年より小説投稿サイト「エブリスタ」にて執筆活動を開始。短編小説のアンソロジー収録や、コミカライズの経験を経て、本作で長編作家デビュー。

PHP文芸文庫　そのご縁、お切りします
京の外れの縁切り神社

2024年9月20日　第1版第1刷

著　者　木村文香
発行者　永田貴之
発行所　株式会社PHP研究所
東京本部　〒135-8137　江東区豊洲5-6-52
文化事業部　☎03-3520-9620（編集）
普及部　☎03-3520-9630（販売）
京都本部　〒601-8411　京都市南区西九条北ノ内町11

PHP INTERFACE　https://www.php.co.jp/
組　版　株式会社PHPエディターズ・グループ
印刷所　TOPPANクロレ株式会社
製本所　東京美術紙工協業組合

ISBN978-4-569-90428-3

PHP文芸文庫

第7回京都本大賞受賞の人気シリーズ

京都府警あやかし課の事件簿1〜8

天花寺さやか 著

人外を取り締まる警察組織、あやかし課。新人女性隊員・大にはある重大な秘密があって……？　不思議な縁が織りなす京都あやかしロマンシリーズ。

PHP文芸文庫

伝言猫がカフェにいます

標野凪 著

「会いたいけど、もう会えない人に会わせてくれる」と噂のカフェ・ポン。そこにいる「伝言猫」が思いを繋ぐ？　感動の連作短編集。

PHP文芸文庫

伝言猫が雪の山荘にいます

標野凪 著

「会いたい人」からの想いを伝言する猫・ふー太は、依頼のために向かった雪の山荘に閉じ込められ……。ハートフルストーリー第二弾。

PHP文芸文庫

天方家《あまがたけ》女中のふしぎ暦《こよみ》

黒崎リク 著

奥様は幽霊？　天涯孤独で訳ありの結月が新しく勤めることになった天方家には、奇妙な秘密があった。少し不思議で温かい連作短編集。